PATRICK DÜPPRE

Fernweh Heimweh Kopfweh

Padraig Music & Writing

IMPRESSUM

Auflage 3
»Fernweh – Heimweh – Kopfweh« – von PATRICK DÜPPRE

Lindenstraße 18, 54518 Niersbach

Coverdesign & Illustrationen: Jan Malburg
Lektorat: Susanne Ertl

Für meinen Schwiegervater
Peter

Wenn Sie einem deftigen Scherz nicht abgeneigt sind, viel Humor besitzen und gerne mit offenen Augen neugierig durch die Welt gehen, sind Sie hier richtig.

Ein ernster Mensch, ein unterkühlter Zeitgenosse oder gar eine Spaßbremse klappt an dieser Stelle das Buch bitte gleich wieder zu.

VORWORT

Guten Tag, Grüß Gott, Servus, Salut, Priwjät, Sayonara, Saar!

Ich sehe, Sie sind noch da – nun, dann gibt es hier gleich was auf den Sehnerv und Sie reisen mit mir gemeinsam durch Deutschland und ganz Europa.

Ich sollte noch eine Kleinigkeit an Information über meine Person vorwegschicken: Ich bin Busfahrer! Busfahrer, Reiseleiter und zu neudeutsch *Travel Agent*, Touristiker. Einer, der auf einer Reise mit Rat und Tat weiterhilft. Bin Begleiter durch die Schrecken eines speziellen Urlaubstrips und im Allgemeinen.

- Ich lege mich für Sie mit Hoteliers an.
- Ich schließe das Fenster, wenn es schon vor dem Hauptgang im Nobelrestaurant zieht.
- Ich wuchte Ihre tonnenschweren Koffer in den Bus.
- Ich koche Ihnen Kaffee und bei Bedarf sogar Würstchen im Bus, wenn der Hunger Sie plagt.
- Ich serviere Ihnen gekühlte Getränke, wenn ich nicht gerade ein Lenkrad in der Hand halte.
- Ich helfe Ihnen aus dem Bus, wenn Ihre eigene Kniescheibe kurz vor Reiseantritt durch eine künstliche er

setzt wurde.
- Und wenn es sein muss, erzähle ich Ihnen auch noch eine Gute Nacht Geschichte.

- *Es zieht!*
- *Ich habe hunger!*
- *Ich muss mal!*
- *Wie weit ist es denn noch?!*
- *Kann ich nochmal an mein Gepäck?*

Dies sind nur einige Fragen aus einem schier endlosen Fragenkatalog im Reisebus.

Deutschland liegt nun ziemlich zentral in Europa und sollte dieserhalb und desterwegen vielleicht nicht gleich hervorgehoben werden. Für mich persönlich als Reiseleiter, Travel Agent – und nicht zuletzt Busfahrer, Seelsorger und überhaupt Mädchen für alles rund um das Thema Reisen – ist Deutschland dennoch das Nonplusultra in puncto Qualität, Service und Standard. Zumindest oft. Also meistens. Ok ... häufig. Oder dann und wann und ab und an. Wenn man denn seine Ansprüche einigermaßen im Griff hat, dann aber auf alle Fälle!

Aber auch wenn man in Deutschland gerne mal etwas mehr zu mosern hat, liegen wir trotz aufgedeckter Lücken im Service immer noch an der Spitze, wenn es um das Braten von Extrawürsten geht.

- 1 -

Aller Anfang ist schwer

Die Geschichte, wie ich nun zur Busfahrerei kam, ist wie vieles in meinem Leben: aufregend bis in die Zehenspitzen. Ich war davor Detektiv. Das war übrigens auch eine spannende Zeit. Aber dazu mehr in einem anderen Bestsellerroman.

Es ist, als wären mittlerweile 100 Jahre vergangen, seit mich das Schicksal zum Busfahrer gemacht und quasi zum Beförderer befördert hatte.

Bevor man jedoch mit solch großen Kutschen auf Straßen kreuzen darf, will erst einmal der Führerschein bestanden sein. Pkw-Führerschein hatte ich, aber Busführerschein? Negativ.

Ich kann mich nicht auf Rollschuhen fortbewegen, ohne für den Rest meines traurigen Daseins wegen einer Fraktur der Hals- und Lendenwirbelsäule im Krankenhaus zu verbringen. Ich kann nicht mal anständig Ski fahren. Und jetzt sollte ich Bus fahren? Gute Idee, aber wer ist wohl so mutig – oder besser so bekloppt – und setzt sich freiwillig in ein Gefährt, das von *mir* gesteuert wird?

Nun ... sehr viele, wie sich später herausstellen sollte.

So wache ich also eines Morgens auf und finde mich in einer Fahrschule wieder, in der ich die ersten Eindrücke im neuen Berufsfeld sammeln kann. *Eindrücke* ist hier das richtige Wort. Denn zum Eindruck der besonderen Art kam es sogleich – nämlich zum Eindruck des Außenspiegels eines PKWs.

Als mein Fahrlehrer mir eines sonnigen Tages vorschlägt, gegen Ende der Fahrstunde Richtung TÜV abzubiegen und sich ein entgegenkommender Verkehrsteilnehmer partout nicht in Luft auflösen will, knackt es halt kurz und der Spiegel ist hin.

Naja, so ein Außenspiegel ist ja auch nur etwas für Memmen. Weg damit! Zudem ist die Fahrschule ja gegen Dämlichkeiten ihrer Schützlinge versichert (Gott sei Dank).

Todesmutig und auf Anraten meines Schwiegervaters machte ich noch den LKW Führerschein dazu.

Es muss wohl ein Zustand geistiger Umnachtung sein, der meinen Fahrlehrer Paul dazu treibt, mich mit Anhänger rückwärts nach rechts um die Ecke abbiegen zu lassen. Aber diese Fertigkeit gehört wohl zur *Grundfertigkeit* eines jeden LKW-Fahrers und ist nun mal zufälligerweise ein Bestandteil der Ausbildung.

Also ab ins nächste Industriegebiet, damit wir nicht gleich als Verkehrshindernis in die Schlagzeilen geraten. Wäre ja nicht das erste Mal gewesen, dass etwas auf Anhieb nicht gleich so funktioniert wie geplant.

Und wie es der Teufel so will: Es funktioniert natürlich auch nicht alles wie geplant. Ei der Daus.

»Der Gliederzug soll nach dem Abbiegen parallel zum Bordstein stehen«, sagt mein lieber Fahrlehrer, der Paul, noch – und klettert (in weiser Voraussicht) aus dem Führerhaus. Um sich ein besseres Bild zu verschaffen, wie er meint.

Ich hingegen glaube, er wollte einfach nur raus, weil er sich sonst vor Angst in die Hose gemacht hätte. *Weicheier, diese Fahrlehrer.*

Nach gefühlten achthundert Ansätzen, meinen LKW samt Anhänger so um die Ecke zu karren, auf dass er am Ende parallel zum Bordstein stehen möge, gibt der Paul auf. Er sagt: »Lass uns morgen weiter machen.«

Feiner Zug vom Paul. Denn meine Geduld und meine Nerven sind ebenso wie bei ihm nun auch langsam am Gefrierpunkt angelangt. Obwohl er doch in den Stunden zuvor noch einen recht ausgeglichenen Eindruck gemacht hat.

Der ist aber fein gerippt, der Paul, denke ich noch. Gleichzeitig wird mir zum ersten Mal so richtig bewusst, wie viel Einfluss der Beruf des Kraftfahrers so mit sich bringen kann. Mit welcher Macht man später ausgestattet ist, wenn man mit einem Vierzigtonner plus Anhänger bewaffnet in einem kleinen Dorf an der Mosel den fließenden Verkehr zum Erliegen bringen kann. Damit könnte ich in Zukunft ja sogar bestimmen, wer hier weiter fährt und wer nicht!

Du Döskopp hinter mir – hör auf zu hupen, sonst mach ich noch den Warnblinker an und hol mir erst mal ein Mettbrötchen beim nächsten Dorfmetzger. Und wenn du mir noch mal den Vogel zeigst, du Spinner, dann mach ich auch gleich noch meine vom Gesetzgeber angeordnete dreiviertel Stunde Pause hier im engen Dörfchen.

Doch halt – ich soll ja später mit Bussen fahren, nicht mit Lkws. Da hat der Typ ja nochmal Schwein gehabt. *Hornochse.* Dabei ist Geduld doch eine Tugend, oder?

Am Prüfungstag, morgens vor der praktischen Abnahme, mache ich meine letzten Versuche, den LKW um die Ecke zu bringen. Leider immer noch vergeblich ... und an dieser Stelle kommt wieder der Glaube ins Spiel.

Der Paul meint: »Hör zu, nachher in der Prüfung ... einfach Augen zu und durch. Wird schon schief gehen.«

Nun, schief ist es in letzter Zeit häufiger gegangen. Wäre nett, wenn es mal passen würde.

»Ich glaube, du schaffst das schon«, sagt das tapfere Päulchen. Selig, die nicht sehen und doch glauben.

Die Prüfungsfahrt beginnt beim TÜV, wo ein finster dreinblickender untersetzter Mittfünfziger zusteigt und mir eine Stunde Fahrt verordnet. »Dic Fahrtroute dürfen Sie frei wählen«, meint der nette Herr wenig freundlich.

»Ok, auf nach Mexico«, lockere ich die Situation auf. Zumindest dachte ich das. Ein Blick zu Paul und in den Rückspiegel verrät mir, dass ich der Einzige bin, der das zum Kringeln findet. *Spaßbremsen*, denke ich.

Ich rolle also gemächlich eine knappe Stunde immer der Nase nach über die Landkarte, als kurz vor Ende einer perfekten Prüfungsfahrt der nette Prüfaugust von mir verlangt, das nächste Industriegebiet anzusteuern. Es stünde ja noch *Rückwärts um die Ecke* an.

Dieser Satz verhagelt mir sogleich mächtig die Vorfreude auf einen schönen Feierabend. Nervosität und Fluchtgedanken, dazu plötzlich eintretender Harndrang verhindern jeglichen klaren Blick für die knifflige Situation. *Mist.* Bisher lief es immerhin ganz gut.

»Ich steige mal aus, um mir einen besseren Überblick zu verschaffen«, sagt der Prüfer.

Is´ klar, Rübennase, denke ich bei mir und erinnere mich an Pauls Worte. Die Ratten verlassen nun das sinkende Schiff. Jetzt, wo es spannend wird, haut er ab.

Ein plötzlich auftretender Tränenschleier vor meinen Augen lässt mich meiner Verzweiflung bewusst werden.

»In Ordnung, kann los gehen!«, brüllt der Prüfer durchs geschlossene Fenster.

Drei Mal tief Luft holen und ... Attacke!

Warnblinker an, Außenspiegel fest im Blick, Gang

rein, Fuß langsam von der Kupplung, etwas Gas, der Laster rollt an. Cool. Vorwärts.

Mist, verdammter! Falscher Gang!

Ich muss unbedingt mal wieder Lotto spielen, denke ich. *Jetzt ein paar Millionen auf dem Konto, dann bräuchte ich mir diesen Mist hier nicht zu geben.* Dieser Gedanke hält sich übrigens bis heute wacker. Das geht wohl auch noch bis zur Rente so.

Oh mein Gott ... Rückwärtsgang geräuschvoll eingelegt, den Prüfer auf seine Uhr tippend im Spiegel, fahre ich den Koloss rückwärts um die Ecke, als hätte ich in meinem Leben nie etwas anderes gemacht.

Wahnsinn. Es hat geklappt! Krass. Ich freue mir spontan ein zweites Loch in den Hintern. Wenn ich keine Ohren gehabt hätte, hätte ich im Kreis gelacht.

»Ok, Motor und LKW sicher abstellen und rauskommen.«

»Jawoll, Herr Major«, spure ich und springe erlöst von einem mindestens vierzig Tonnen schweren Stein mit Anhänger von der Kanzel. Ich lasse mich von einem ernsthaft erstaunten und – ja, ich glaube auch ein wenig ergriffenen – Paul nebst gelangweiltem Prüfer mit Handshake in eine Zukunft als LKW Fahrer entlassen.

Doch halt! Da war doch noch etwas?

Stimmt. Ich soll ja mal Busfahrer werden.

Vierzehn Tage später finde ich mich mit gleicher Fangemeinde, bestehend aus meinem Fahrlehrer, dem Paul, und dem Prüfaugust von neulich, wieder auf langer Fahrt – diesmal gen Busführerschein. Ergo ohne LKW, mit einem 1A Reisebus in Doppelbedienung mit dem Paul, der im Falle einer etwaigen Träumerei meinerseits sofort einschreiten kann.

»Die Fahrtroute dürfen Sie frei wählen«, brummt mir der Prüfer zu.

Soll ich den Gag mit Mexico noch einmal wagen?, frage ich mich selbst, halte dann aber einfach besser mein Knabbergelenk geschlossen.

Da mich mein Schwiegervater im Vorfeld schon viele Male mit seiner himmlischen Ruhe im Umgang mit Bussen und fahrgastfreundlichem Fahren vertraut gemacht hat, nehme ich diesen Prüfungstag etwas lockerer als den Termin mit dem Lastkraftwagen.

Es läuft auch alles gut im Moselstädtchen Trier, bis diese wirklich fiese Blödmannsampel vor mir ganz plötzlich und absolut unerwartet ihre grüne Farbe verliert.

Pass auf und mach jetzt bloß keinen Mist, sage ich

mir. *Wenn du hier bei Rot drüber hämmerst, war's das fürs Erste.*

Mit meinem ganzen Gewicht, das mir vom lieben Gott speziell für solche Fälle ausreichend mitgegeben wurde, steige ich in die Eisen.

Der Bus kommt ziemlich zügig zum Stillstand.

Der Kaffeebecher des Prüfers, den er bei Antritt der Fahrt vor sich auf dem Tisch in erster Reihe hinter dem Paul abgestellt hat, übrigens noch lange nicht. Da besagter Becher mit koffeinhaltigem Heißgetränk sich nirgendwo so schnell festhalten konnte, fliegt er fröhlich weiter geradeaus, den physikalischen Gesetzen hinterher. Press über den Kopf von Paul hinweg mit dem Ziel Windschutzscheibe. All die Flüssigkeit auf den Paul. Die arme Socke. So etwas gehört wohl in die Abteilung Berufsrisiko.

Ich amüsiere mich natürlich köstlich darüber, bewahre nach außen hin jedoch ein eiskaltes Pokerface.

Paul, der überrascht, ja, etwas verdattert, schmerzverzerrt und zugleich leicht wütend aus der Wäsche zu mir herüberschaut, verliert seine Beherrschung trotzdem nicht. Zuletzt habe ich solch einen Gesichtsausdruck in einem Film von vor circa 30 Jahren gesehen: Charles Bronson - Ein Mann sieht rot.

Ein bisschen leid tut mir der Paul natürlich schon. Meine Vollbremsung mit einhergehendem Sieg über die Ampelanlage feiere ich innerlich dennoch frenetisch.

»Es ist grün!«, blafft der Prüfer von hinten, der mir später beim Gratulieren des bestandenen Busführerscheines etwas blass vorkommt.

Ich persönlich finde ja: Wenn man das Fahren nicht verträgt, sollte man nicht auch noch Prüfer werden. Wenn ich weiß, ich leide an Seekrankheit, werde ich auch nicht Kapitän, richtig? Leute gibt´s ...

Nun habe ich also meinen Lappen in gleich mehreren Disziplinen in der Tasche und freue mich auf meine Zukunft.

Noch ...

- 2 -

Bobbycar mit Anhänger

Mit meinem neuen Lappen in der Tasche, auf dem zu lesen ist, dass ich nun Bus und LKW inklusive Anhänger fahren darf, gondle ich zur Verfeinerung meiner Fahrkünste einige Tage quietschvergnügt durch den April, um mich schon mal mit meinem neuen Arbeitsumfeld, der Eifel, vertraut zu machen.

So brause ich im Sauseschritt durch viele kleinere Dörfer, die mir bis dahin gänzlich unbekannt waren. Ich war ja ein Einwanderer. Ein Zugelaufener. Ein Saarländer, der wegen der Frau seine Heimat verlassen hatte.

Grenzte an Fahnenflucht, an Landesverrat, ich weiß. In der Tiefe meines Herzens und spätestens beim Reden stellte sich aber zweifelsfrei heraus, dass ich immer und für alle Tage Saarländer bleiben werde.

Bevor Sie mir jedoch gleich mit alten Saarländer-Witzen kommen, die zu meinen Kindertagen schon einen langen Bart trugen – schnell weiter.

Die Eifel – unendliche Weiten. Wir schreiben das Jahr 2003. Dies sind die Abenteuer des saarländischen Busfahrers Patrick, der mit seinem 400 PS starken Dienstwagen ab jetzt und dann für viele Jahre unterwegs sein wird, um neue Welten zu erforschen, neues Leben und neue Zivilisationen. Viele Lichtjahre vom Saarland entfernt dringt er dabei in Galaxien vor, die nie ein Mensch zuvor gesehen hat. So oder so ähnlich könnte ich mir im Übrigen auch eine Einleitung zu einer Science-Fiction-Serie vorstellen.

Ach ja. So kann es bleiben. Beschaulich. Ja, fast idyllisch ist es dieser Tage im Eifelland und an der Mosel ... Alles ist ruhig, kein Stress. Easy going. So weit, so gut.

Doch schon bald werde ich erste Erfahrungen mit Fahrgästen an Bord machen.

Ach du Schreck! Daran hab´ ich ja gar nicht mehr gedacht ... kann ich bitte doch mein altes Leben wieder haben?

Leute im Bus. Jaulende Gesänge besoffener Fußballfans. Nervende Kinder. Ältere Damen mit nagelneuen Hüften, brandneuen Kniegelenken, die weder gut ein- noch aussteigen können, weil die Stufen beim Einsteigen ja so hoch sind?

Mit beiden Händen ziehe ich die Ladys in und aus dem Bus. *Plopp.* Auf dass mir keine auf die frisch geliftete Visage fallen möge. Ich, der Gentleman und Held des Alltags. Wobei, hat die Dame mir eben überhaupt Trinkgeld gegeben? Naja, ich will mal nicht so sein, hier Ihr *Rolls Royce*, Madame Hüft-OP.

Alles, was mir mittlerweile leicht von der Hand geht, war zu Beginn eine regelrechte Herausforderung. Als Import aus dem Saarland kenne ich mich ja in meiner neuen Heimat so gar nicht aus. Die ersten Navigationsgeräte kommen zwar langsam auf den Markt, jedoch schenkt ihnen noch niemand große Beachtung. Sie sind schlichtweg zu teuer und viel zu umständlich in der Anwendung, sodass ich in den ersten zwei Jahren mit Landkarte und Notizblock bewaffnet durch die Gegend fahre.

Es ist eine schöne, jedoch sehr ländliche Gegend, in die es mich verschlagen hat. Es gibt viele kleine

Dörfer, die in mehreren Kilometern Abstand zueinander liegen, will sagen, ich als Stadtkind bin im Outback gelandet. Als die ersten brauchbaren Navis und GPS-Systeme auf den Markt kommen, leiste ich mir den Luxus eines Handhelds – ein furchtbar teurer tragbarer Taschencomputer mit Speicherkarte. Auf dessen Speicherkarte muss auf äußerst umständliche Weise die Software des Navigationssystems aufgespielt werden. Dies dauert mehrere Tage, gefühlt mehrere Wochen, bis das Gerät einsetzbar ist. Dank sensibler Technik und einer sogenannten Wurfantenne, die man zum besseren Empfang von Satelliten außerhalb des Fahrzeugs anbringen muss, bekommt man dann doch nach circa dreißig Minuten ein Signal. Wehe, man hat sich trotzdem erlaubt, eine andere Route als die vom Gerät vorgeschlagene zu benutzen. Dann schlägt es zunächst Alarm und quittiert leider allzu oft einfach seinen Dienst. Großer Mist. Also wieder Karte zu Hilfe nehmen. Das geht zwar einigermaßen, aber meine Quote, Reisegruppen an den richtigen Bestimmungsort zu bringen, ist zu Anfang doch recht niedrig.

Wer nun glaubt, ich hätte ganz Europa mit dem Datensatz durchfahren können, irrt. Jedes Land muss auf einer weiteren SD-Karte gespeichert werden. Feine Sache, ich stehe also an der Grenze zu Luxemburg und stelle fest: Mein Navi kennt den Weg nicht mehr. Es ist also alles andere als lustig. Ständig mit ausgebreiteter Landkarte auf dem Lenkrad umher zu fahren, ist auch sicherheitstechnisch grob fahrlässig. Ich hab es aber geschafft, zu überleben – nicht zuletzt dank tagelangen Vorbereitungen und ausgeklügelten Notizen, die ich mir im Vorfeld bei jeder Tour gemacht habe.

Mittlerweile kenne ich mich auch nicht nur in der Eifel recht gut aus, sondern im Groben auch in Europa. Und dank der kleinen technischen Wunderwerke, die es nun zur Ortsfindung gibt, ist es kein Problem mehr, auch die entlegensten Stellen dieser Welt zu bereisen.

Aber zurück zum Anfang.

Der April schreitet voran und macht langsam dem nahenden Sommer Platz. Dieser gibt mir wiederum die Gelegenheit, meine Erfahrungen als Reisebusfahrer auszubauen. Dies ist auch zwingend notwendig, habe ich doch gestern den vierjährigen Nachbarjungen beobachtet, wie er mit seinem roten Bobbycar mit Anhänger immer noch eine wesentlich bessere Figur beim Wenden und Einparken gemacht hat, als ich derzeit noch mit dem Bus. Ganz zu schweigen vom Rückwärtsfahren um die Kurve mit Anhänger.

Manche haben es halt im Blut, wie es aussieht.

Ich hingegen habe es da eher im Urin. Und damit meine ich eher so die miesen Vorahnungen, die mich ab und an beschleichen, wenn ich weiß, es geht in ein paar Tagen oder Wochen auf Mehrtagesfahrt mit einer Gruppe.

Irgendetwas läuft auf der nächsten Tour schief. Mein Magen rebelliert kurz vor Reiseantritt.

Reine Kaffeesatzleserei? Mag sein, nur leider hat mich mein Bauchgefühl selten im Stich gelassen. Ich glaube nicht an Hokuspokus, deshalb bin ich mit Vorhersagen etwas skeptisch. Aber auf mein Gefühl in der Magengrube ist immer wieder verlass.

Ok, meistens jedenfalls ...

Zweifelhafte Hilfe in Straßburg

Ich habe also gleich zu Beginn meiner Karriere den Auftrag, mit einer Gymnasialklasse einen Abstecher nach Straßburg zu machen.

Ich fahre voller Elan. Ab geht es in Richtung Elsass. Wiederum eine schöne Gegend. Viel Fachwerk. Kleine putzige Häuser. Leckerer Flammkuchen.

Leider aber auch kleine Gassen, die speziell für Führerscheinneulinge in ein Desaster führen können.

Es ist ja auch gar nicht so weit von der Mosel aus bis ins Elsass. Keine Weltreise. Eine circa zweieinhalbstündige Fahrt und man ist mitten im Flammkuchenland. Ein Blick in den Rückspiegel sagt mir, dass es weder Geschrei, noch Kämpfe gibt. Alles ruhig. Läuft soweit.

In der Zielregion angekommen brettere ich aus Versehen erst einmal an einigen Abfahrten Straßburgs vorbei. Blödes Navigationsgerät. Ich sollte betonen, dass die Navigation auf der Tour noch mit diesem unzuverlässigen Taschencomputer stattfindet. Für das Gerät gibt es zwar auch schon einigermaßen gute Karten, jedoch für ein kleines Vermögen. Und so richtig zuverlässig sind sie dann im Praxistest meist doch nicht. Einige sind derart empfindlich, dass man sie nur anschauen muss und sie geben den Geist auf. Wenig überraschend, dass sich ein Vierzigtonner LKW unlängst auf einem Maisfeld verfahren hat und dank seines Gewichtes fast darin versumpft ist.

Als ich von der Autobahn um Straßburg letztlich doch noch eine Abzweigung finde, die mich ins Zentrum leitet, bin ich auch mehr als happy. Ich war ja auch früher schon mal privat in der Hauptstadt des Elsass. Da wird es doch nicht allzu schwierig sein, nun mit einem Bus hindurch zu gondeln, um meiner Reisegruppe alle Sehenswürdigkeiten der Europastadt näher zu bringen.

Wie konnte ich mich bloß so irren?

Straßburg ist ja ehrlich eine schöne Stadt. Definitiv!

Nur leider zu einer Zeit errichtet, in der höchstens Nostradamus von großen Fahrmaschinen ohne Pferde hätte berichten können.

Nun, für alle, die – wie ich zum Beispiel – der französischen Sprache nicht mächtig sind, Petit France ist ein kleiner mittelalterlicher Stadtteil von Straßburg, mit viel Fachwerk bestückt und so eng gebaut, dass man mit dem Bus weder durchfahren darf, noch soll, noch *kann* ...

So weit, so gut. Oder besser: nicht gut.

Nun, da Regeln ja bekanntlich da sind, um gebrochen zu werden, steuere ich selbstverständlich und wiederum ohne Absicht Richtung Fachwerkviertel. *Oh Jammer.*

Es ist ein sehr heißer Tag und mein Körper ist so dermaßen mit Runterkühlen beschäftigt, dass ich es auch gar nicht gleich merke, als ich an drei »Einfahrt Verboten« Schildern vorbeifahre.

So finde ich mich also plötzlich in einer engen Gasse, der *Rue de Wasweißich* wieder. Nicht nur an den entsetzten Gesichtern der Passanten spüre ich, dass hier etwas nicht stimmt. Einige davon tippen dezent mit ihren Zeigefingern gegen ihre Stirn oder Schläfe und schütteln im Vorbeigehen ziemlich mies gelaunt dreinschauend ihr Haupt.

Langsam dämmert mir, dass ich mich wohl ein klein wenig abseits meiner eigentlichen Route befinde. Mit einem Blick auf mein Nummernschild ist den Einheimischen sofort klar, dass sie es mit einem richtigen *Straßburg-Kenner* zu tun haben ... Ihr Gemurmel und Getöse kann ich nicht verstehen. Zum Einen, weil ich nun mal diese Sprache nicht bis überhaupt gar nicht spreche, zum anderen, weil mein Fenster und die Bustür Gott sei Dank verschlossen sind.

Letzterem Umstand habe ich es wohl zu verdanken, dass ich nicht gleich durch Volkes Kraft mitten auf dem Marktplatz zur öffentlichen Steinigung freigegeben werde. *Mist.* Da hab´ ich mich wohl etwas verfahren. Der Busparkplatz muss doch glatt woanders liegen. *Merde!*

Petit France hat wohl auch etwas mit »klein« zu tun, so wird es mir später jedenfalls glaubhaft von einem der mitgereisten Lehrer versichert.

Ich lege also geräuschvoll den Rückwärtsgang rein, mache den Warnblinker an und trete aus der nicht wirklich breiten Gasse mit Kopfsteinpflaster den Rückzug an. Bevor die Gendarmerie samt Louis de Funès-Verschnitt mich lebenslang hinter Gitter bringt. Bei

Wasser und Brot. (Wenigstens wäre ich dann schnell meinen Busfahrerbauch losgeworden.)

Die Lehrer verdrehen nun zum ersten Mal angstvoll die Augen und die Jugendlichen nicken beim Schalten unfreiwillig, was das Zeug hält, als ich mich zurück auf sicheren Straßenbelag ruckele, aber mir ist das wurscht.

Straßburg, wir kommen! Ich lasse meine Gruppe an der nächsten Bushaltestelle aussteigen, die nun auf eigene Faust und ohne tollkühnen Busfahrer die Stadt erkunden will.

»Also bis später dann, an der gleichen Haltestelle!«, mache ich noch einen Hinterherruf an die Lehrerschaft und schließe meine Bustür wieder. Jetzt erst bemerke ich beim Blick auf die Innentemperatur, dass es im Bus ziemlich warm geworden ist. 45 Grad. Das erklärt wohl auch das zügige Aussteigen der Gruppe samt ihrer schweinchenrosaroten Wangen.

Klimaanlage im Ar... Pardon. Im Eimer! Na Bravo.

Straßburg. 30 Grad im Schatten. Meine Frisur sitzt, dank drei Wetter Taft. Hat das Chaos denn nie ein Ende? Alles, was ich jetzt brauche, ist eine Pause und ein kühles Getränk. Also erkläre ich meinem Navi, wohin ich will, auf dass es mich leiten möge.

Dreckding. Schickt es mich doch von einer Katastrophe zur nächsten ...

Zwei Blocks weiter fällt mein Navigator komplett aus, als ich in eine riesige Allee abbiege. Wahrscheinlich ist das Ding an einem Hitzeschlag gestorben, wer weiß. Die Straße ist schön breit. Wunderbar zu befahren. Noch. Gleich komme ich sicherlich an einen schönen Parkplatz, auf dem ich mir mein Pausenbrot schmecken lasse. (Denkste.)

Ich fahre also immer der Nase nach, weiter durch die Avenue. Langsam wird sie jedoch immer schmaler. *Potzblitz. Verflixt und zugenäht, heute ist mein Tag,* denke ich mir.

Mein Weg führt direkt auf eine Gabelung zu. Links oder rechts? Das ist hier die Frage. Sein oder besser nicht hier sein eine Weitere. Blöd oder nicht blöd? Das frage ich mich schon eine ganze Weile.

Ich schalte einen Gang zurück und schaue mir die Situation genau an, bevor ich mich entscheide, welche Richtung ich wählen werde. Es nützt ja nichts – bevor es dunkel wird, will ich ja auch wieder aus dem Städtchen raus sein, deshalb muss ich meinem Zögern langsam Beine machen.

Ich entscheide mich also für links.

Alsbald stellt sich heraus, dass dies der denkbar schlechteste Entschluss war, den ich an diesem Tag hätte treffen können. Ich fahre direkt auf eine Fußgängerzone zu.

»Herr, lass Abend werden, morgen wird´s von selbst!«, höre ich mich schweißgebadet rufen. Ha, da geht Gott sei Dank vorher noch eine Straße nach links ab. Will mich ja nicht schon wieder auf einem Marktplatz dem geballten französischen Volkszorn ausliefern. Mittlerweile bin ich auf Höhe einer kleinen Kirche angelangt, die direkt gegenüber der Fußgängerzone liegt.

Um die fahre ich nun einmal herum. So ist jedenfalls der Plan.

Dann bin ich wieder auf irgendeiner Hauptstraße, so ist meine feste Vermutung.

Doch was sieht mein geschundenes Auge? Da stehen PKW´s so dämlich, dass ich es nur mit Gewalt schaffen würde und nur mit ein wenig mehr Schwung diese Ecke würde passieren können. In der Straße, in die ich einbiegen will, stehen links und rechts kleine französische Autos von französischen Herstellern, die nur irgendwelche französische Vollidioten hier hätten rücksichtslos abstellen können.

Ich mag die Franzosen, keine Frage. Aber ob sie mich am Ende des Tages noch mögen werden, ist zu diesem Zeitpunkt noch nicht auszumachen. Dank der liberalen Fahrweise unserer Nachbarn sind alle Vehikel in der Straße schon ziemlich verbeult.

Ich bin wohl nicht der erste Busfahrer, der sich in dieses Viertel wagt, denke ich mir. Doch dann verlässt mich mit einem Schlag mein ganzer Mut. *Wie komme ich aus der Misere je wieder hinaus? Hiiiiilfeeeee!*

Jetzt hilft nur noch David Copperfield. Oder Superman. Ja Superman, das wäre große Klasse. Wo hab ich nur seine Handynummer?

Ich fange dank der Mischung aus Hitze und Adrenalin gleich an zu halluzinieren, wenn das so weitergeht!

Hinter mir hat sich selbstverständlich eine klitzekleine Autoschlange von circa einem knappen Kilometer angestellt, jedenfalls so weit das Auge zurückreicht.

Hilft nix. Warnblinker an. Weiße Fahne aufs Dach. Ich ergebe mich.

Schon kommen zwei Gendarmen auf Drahteseln in meine Richtung gestrampelt. Wenig entzückt über den Stau und seinen Verursacher springen sie vom Fahrrad und treten an den Bus heran.

Ich öffne die Tür.

»Bonjour, Monsieur.«

Bonjour du dich mal schön selber, Flic, denke ich. Und während ich ihn frage, ob er *allemand parlevout* versteht, zieht sein Kollege, der seine frappierende Ähnlichkeit zu Gerard Depardieu nicht verleugnen kann, eine Trillerpfeife aus dem Hosenbund und bändigt damit die hupende Meute hinter mir.

Nun herrscht wenigstens etwas Ruhe und ich kann meinen 225er Pulsschlag hören. Ich habe in der Zwischenzeit herausgefunden, dass der Mann, der in meiner Bustür steht und dank seiner Uniform aussieht wie Charles de Gaulle persönlich, weder englisch noch deutsch spricht, zumindest aber auf jeden Fall keinen Bock darauf hat, mich zu verstehen.

Mir egal. Entweder die zwei Straßburg-Sheriffs befreien mich nun aus meiner misslichen Lage, oder ich gehe. Jawoll. Sollen die doch alle sehen, wie das hier weitergeht. Mir ist schweineheiß und ich habe Durst. Ich bin müde und nicht weit davon entfernt, mich ähnlich wie John Rambo im ersten Teil seines Kriegsveteranenepos zu verhalten, als er in der Zelle mit kaltem Wasser abgeduscht wird und sich daraufhin ausgiebig

Freunde macht. Wer den Film noch nicht gesehen hat, sollte das an dieser Stelle schnell nachholen, ich warte so lange mit dem weitererzählen.

Nun denn. Kurz vor dem Ausrasten glaubt einer der beiden Drahtesel-Cops, eine prickelnde Idee zu haben. Er schreitet breitbeinig auf ein Straßenschild zu, das absolut im Wege steht, wenn mein Bus irgendwann links abbiegen soll und hinten somit rechts ausschert. Er zieht sich wie ein Affe daran hoch und versucht mit all seiner Kraft und reichlich vorhandenen Körpermasse, das Schild vom Bus weg zu biegen.

Ich bin mir nicht sicher, ob die Idee gut ist, starte aber mangels Alternativen meinen Motor und will diese erste Hürde nehmen, da höre ich und sehe im rechten Außenspiegel, wie Gerard Depardieu als Bulle verkleidet die Kräfte verlassen und das Schild wie eine Sprungfeder zurück gegen den Bus donnert. Dank der leichten Vorwärtsbewegung des Busses springt gleich auf einem Streifen von dreißig Zentimetern der Lack weg.

Du elender Froschfresser!, denke ich mir. Nun gut. Ein zweiter Versuch, an dem beide Polizisten beteiligt sind, das Schild zu verbiegen, bringt mich nun wenigstens daran vorbei. Ihr Superhelden. Vielen Dank. Naja

... immerhin haben sie es versucht.

Ich deute nun auf die Falschparker vor mir hin. Die zwei stehen da wie Dick und Doof im gleichnamigen Schwarzweißfilm. Ungefähr zweihundertachtundsiebzig Schaulustige säumen das Szenario.

Mir läuft der Schweiß eimerweise von der Stirn, doch ich will auch langsam echt weg hier. Diese Ecke, sollte ich sie denn jemals wieder verlassen können, wird mich nie wieder sehen, so viel ist jetzt schon sicher. Doch bevor ich mich entspannt zurücklehnen kann, muss ich nun schauen, wie ich es um die zugeparkte Kurve schaffe.

Sackzementnochmal, wie wahnsinnig muss einer sein, um sein Auto so dermaßen bescheuert zu parken? Wenn ich den treffe, bekommt er von mir postwendend einen Einlauf, den er nie vergessen wird. Was heißt jetzt nochmal dämlich auf Französisch? Ich schwöre, ich bin kälter als Clint Eastwood und schneller als Lucky Luke, wenn es darum geht, einem Hornochsen die Meinung zu geigen. Montezumas Rache soll ihm einen schmerzvollen und langsamen Tod bescheren.

Ok, vielleicht ein wenig übertrieben, aber zu meiner Wut im Bauch gesellt sich auch noch spontaner Harndran, der es mir gerade unmöglich macht, klar zu denken. Ich laufe nun im roten Terminatorbereich heiß und da ist schließlich jedes Mittel recht, oder?

Seit etwa einer halben Stunde stehe ich schon hier, gefühlt jedoch schon drei. Mich halten exakt ein Pfosten und ein Pkw von meinem Pausenglück ab. Die Verzweiflung steht mir mittlerweile mit Sicherheit ins Gesicht geschrieben.

Aus der Menge tritt plötzlich ein etwas älterer Herr hervor, der Handwerkerkleidung und einen dazu passenden Werkzeugkasten trägt. Er schaut mich an, geht vor meiner Frontscheibe entlang und zeigt mit seinen Fingern die Zahl Drei in die Luft. Charles de Gaulle, Gerard Depardieu und die mittlerweile fünfhundert Zuschauer und ich gaffen ihm gespannt hinterher. Er beugt sich auf der linken Seite des Busses nach unten, öffnet seine Werkzeugkiste, holt einen Schraubenschlüssel heraus und entfernt damit den Pfosten.

Mir fällt die Kinnlade runter. Ich kann nun ein Stück vom Bürgersteig mitbenutzen. Unter Applaus und freundlichstem Gewinke meinerseits rolle ich aus dem Drama.

Als ich endlich die Kurve hinter mich bringe, sehe ich im Rückspiegel, wie eine Dame mittleren Alters in dieses Falschparkerauto einsteigt und sich aus der

Affäre zieht, ohne dass ich den Wagen samt Besitzerin verbal in die Luft sprengen kann. Manchmal muss man eben hoffen, dass sich Dinge von selbst erledigen. Und, wie meine Oma schon sagte, jeder bekommt im Leben immer das, was er verdient. Na vielen Dank.

Ich hab es also wieder zur Hauptstraße und letztlich zu meiner Mittagspause geschafft. Aber ... an welcher Haltestelle habe ich nochmal die Schülergruppe abgesetzt?

In der Abenddämmerung und nach etwa einhundert Runden durch Straßburg finde ich die Haltestelle wieder. Nur knapp drei Stunden später als vereinbart.

»Hatten Sie einen schönen Tag?«, frage ich einen der Lehrer.

Ich bekomme keine Antwort von ihm.

Leute gibt es ...

Die kleinen Dinge des Lebens

Kennen Sie das? Es ist Sommer. Sie arbeiten. Gluthitze. Alles läuft geradeaus. Sie stecken voll in ihrem Tagesablauf. Alles nimmt seinen gewohnten Lauf und die Routine macht sich breit. Manche Tage ziehen sich wie Kaugummi und man vegetiert mehr dahin, als dass man sie bewusst erlebt oder gar steuern könnte. Eine Stunde folgt der nächsten, man geht seinen Pflichten nach und versucht, alles nach bestem Wissen und Gewissen zu erledigen. Dieser Modus kann sich manchmal über Tage ausbreiten, ohne besondere Vorkommnisse, ohne Pannen, ohne irgendwelche Faktoren, die einen aus der Bahn werfen könnten. Das sind die Tage, an denen jede Stunde gleich doppelt so lange dauert. Es ist also zwangsläufig in beide Richtungen Luft. Es kann nun bald etwas Schönes passieren, oder eben etwas Schreckliches.

Man wartet förmlich darauf, dass irgendetwas Besonderes passiert, das einen wieder aus diesem Wachkoma befreit. Die Tageszeitung schreibt irgendwie auch immer das Gleiche und das Sommerloch wird immer größer und größer. Eigentlich sollte ich ja dankbar sein, dass es auch solche Phasen gibt. Phasen, in denen das Leben ein wenig ruhiger verläuft und man sich einmal von dem ganzen Stress, den man sonst so im Jahr vor sich herschiebt, befreien kann. Aber irgendwie ist das auch irgendwann langweilig, oder?

Wenn man dann, eine Woche später, fast resigniert feststellt, dass das Leben wohl tatsächlich einfach nur weiter vor sich hin tröpfelt und dümpelt, es anscheinend keine Sensationsmeldungen mehr gibt, da scheinbar alle Deutschen auf Mallorca sind, ja, dann sind es plötzlich die kleinen Dinge des Lebens, die einem den Alltag etwas auffrischen und erheitern.

Bei gemütlichen zweiunddreißig Grad und schönstem Sonnenschein setze ich mich in meinen Bus, um am ersten Tag der Sommerferien eine Kindergruppe, bestehend aus, naja, eben Kindern, berufsjugendlichen Betreuern, Messdienern und Gemeindereferenten zu ihrem Sommerzeltlager zu fahren. Ich komme am vereinbarten Platz zur vereinbarten Zeit an und will das Gepäck der Kids in den Bus verladen. Sieht so aus, als wollten fünfzig Kinder und Jugendliche für den Rest ihres Lebens auswandern, so viel Gepäck steht parat. *Oh Mist.*

Ich weiß, wie das läuft. Wenn ich nur die Kofferraumklappen öffne und jeder seine Taschen, Koffer, Zeltstangen, Proviant und Schlafsäcke in den Bus wirft, wird der Platz nicht ausreichen und wir bekommen noch nicht mal die Hälfte von dem ganzen Krempel rein. Ich verlade also alles selbst. Ich, der Packesel der Nation. Dauert zwar etwas länger, dafür hat dann auch alles seine Ordnung und die Chance ist groß, sämtliches Gepäck mit auf den Ausflug nehmen zu können. Zuerst die schweren Koffer.

Oh Gott. »Was hast du da drin, Kleiner, Steine?«

Der schaut mich einfach nur an und sagt nix.

Nach dem zehnten Gepäckstück, das gut und gerne vierzig Kilo auf die Waage bringt, stehe ich im eigenen Saft. Als ich alle Koffer, die mit Blei gefüllt sind, endlich verstaut habe, bin ich selbst soweit, einen vierzehntägigen Badeurlaub anzutreten. Junge, Junge, ist das eine Hitze heute. Zeltstangen, Planen, Proviant drin. Ja, auch die Gitarre vom Obermessdiener.

Klappe zu, Motor und Klimaanlage an und weg hier.

Aber Moment! Bevor wir loskönnen, wird erst einmal gezählt, ob auch wirklich alle da sind.

Ich rackere eine halbe Stunde das Gepäck unter den Bus und ihr schafft es nicht, in der Zeit eure Bälger zu zählen? Ay, caramba.

Achtundvierzig, neunundvierzig, fünfzig. Alle da. Welch eine Überraschung.

Ich starte den Motor, als ein kleiner Knirps nach vorne zum Gemeindereferenten kommt. »Ich hab meine Tropfen gegen Übelkeit im Koffer unten, die brauche ich dringend.«

Nein! Ich schaue nach links aus dem Fenster und tue so, als hätte ich das gerade nicht gehört. Rasch lege ich den Gang ein und will gerade losrollen, da tippt mir der gemeine Referent von hinten auf die Schulter. *Wär ja zu schön gewesen.*

»Ähm, können wir bitte nochmal kurz an die Koffer?«, fragt er. »Der Kleine hat etwas vergessen.«

Ich setze mein Hochsommerlächeln auf, drücke den Knopf, der die Bustür wieder öffnet und steige mit den beiden aus.

Naja, denke ich mir, *es gibt wirklich Schlimmeres.*

Doch was nun folgt, ist Schwerstarbeit, sowohl körperlich als auch nervlich. Alle Eltern standen eben noch da und schauten mir beim Einladen zu. Nun stehen sie immer noch an der Haltestelle, bereit zum Hinterherwinken – und kucken, wie der Herr Busfahrer den Koffer vom Tropfenkind wieder herauskramt. Alle Muttis und Vatis scheinen glücklich. Ja, fast tiefenentspannt sind sie, denn sie wissen genau, in den nächsten beiden Wochen werden ihnen ihre Quälgeister mal nicht auf den Zeiger gehen.

Recht so. Dafür geht mir der Kleine jetzt schon auf die Nüsse.

Ich erkundige mich beim Zwerg, auf welcher Seite des Busses *wir*, also ich, seinen Koffer eingeladen habe(n). Als ich die Kofferraumklappe öffne und frage, welcher von den Koffern denn seiner ist, schaut er fragend, fast überfordert aus der Wäsche.

Fragend schaue ich in die Runde der Eltern, doch niemand reagiert. Großartig. »Ok. Welche Farbe hat denn dein Koffer?«

»Ich glaube schwarz«, sagt das Kind.

Das macht die Sache nicht wesentlich leichter, denn bis auf sieben oder acht Koffer scheinen hier alle schwarz zu sein. Schweißtropfen sammeln sich auf meiner Stirn. Nachdem der Kurze gefühlt eine halbe Stunde darüber meditiert, welches Gepäckstück nun das Seinige ist, zeigt er verlegen auf einen Koffer, der unter zwölf anderen liegt.

»Kein Problem, Kleiner.« *Man sieht sich immer zweimal im Leben, nicht wahr?* Ich lächle. »Gleich haben wir deine Tropfen. Wir wollen ja nicht, dass du mir in den Bus kübelst, gelle?«

Nachdem die Koffer auf der Seite wieder alle raus sind und der Junge sieht, dass der Zielkoffer nun doch nicht ihm gehört, muss ich kurz tief Luft holen. Na macht ja nichts, kann ja mal passieren.

Während ich die Koffer wieder einlade, fällt dem Bub plötzlich ein, dass wir seinen Koffer eben doch auf der anderen Seite eingeladen haben.

»Wie alt bist du«, frage ich ihn. »Drei?«

Der etwa Dreizehnjährige schaut mich etwas verdattert an.

Ich mag Kinder, ich mag Kinder, ich mag Kinder. Dies sollte mein Mantra für die zweistündige Fahrt sein, die gleich ansteht. Wir dackeln also gemeinsam auf die andere Seite und ich frage ihn, ob er denn wüsste, ob wir sein Gepäck in der vorderen oder der hinteren Klappe eingeladen haben.

Erneut schaue ich in ein regungsloses Gesicht.

Das muss wohl an den Beruhigungstropfen liegen, die die Kids heutzutage bekommen, weil sie an Krankheiten wie ADS oder ADHS leiden. Aufmerksamkeistsdefizithyperatkivitätssyndrom und so ein Scheiß. Früher war man bei Stadt-Land-Fluss der Held, wenn bei »D« der Donaudampfschifffahrtskapitän unfallfrei geschrieben wurde.

Ich öffne einfach mal die vordere Klappe und hoffe, er erkennt seinen Koffer irgendwo. Auch hier mehr Schulterzucken als Erleuchtung. Ich schreite zur hinteren Kofferraumklappe und öffne auch diese wieder.

Ist das heiß heute. Ich könnte schon jetzt die zweite Dusche gebrauchen. »Ein schwarzer Koffer also. Steht denn wenigstens dein Name dran?« Es soll ja Mütter geben, die ihren Söhnen und Töchtern noch Namensschilder an den Koffer hängen. Das ist in solchen Situationen nämlich äußerst hilfreich. Nun ... Irgendwo muss er ja sein.

Nachdem der Kofferraum wieder fast leer geräumt ist, steuert der Junge zielstrebig auf einen hellgrauen Koffer zu, öffnet einen Reißverschluss und zieht mit einem Handgriff seine Tropfen heraus.

Hoffentlich hast du da auch einen Mundschutz drin,

denn gleich setzt es eine Schelle, dass dir die Zähne ausfallen, mein Freund. Nach außen hin freue ich mich natürlich breit grinsend mit dem Kleinen, dass er seine Tropfen endlich gefunden hat. Also alles wieder einladen, alle Mann in den Bus und nichts wie weg hier.

Ich möchte die Bustür schließen, als sich doch eine Mutter als seine outet und nochmal schnell eintritt.

»H-D-L«, ruft der Kurze seinem Mutterschiff zu. »Hab dich lieb!«

»F-F«, antwortet die Mutter. »Viel Vergnügen!«

Na, ob er das mit mir haben wird ...?

- 5 -

Prag

Als ich zum ersten Mal nach Prag komme, ist gerade Frühling.

Nicht die gleichnamige Zeit, die Sie aus dem Geschichtsunterricht oder einer Reportage von Guido Knopp kennen.

Prag. Die wunderschöne Hauptstadt Tschechiens an der schönen Moldau.

Eine Reise in die Goldene Stadt, wie sie auch genannt wird, kann ich nur jedem wärmstens empfehlen. Wer noch nicht dort war, sollte sich unbedingt ganz schnell ein Pausenbrot schmieren und ab dafür.

Auch und gerade im Herbst, wenn das Laub fällt und man von der Karlsbrücke aus in Richtung Altstadt schlendert, zeigen sich die historischen Straßen und Gassen, teilweise noch aus altem Kopfsteinpflaster, in einem ganz besonderen Licht. Es ist eine wahrhaft prächtige Stadt. Man spürt förmlich einen Hauch von Geschichte und den Puls der Zeit im Kampf zwischen Vergangenheit und Gegenwart.

Das Wetter spielt da nur eine begleitende Rolle, denn Prag bedient zu jeder Jahreszeit die Sinne der Touristen und Besucher.

Gotik und Barock treffen auf moderne Architektur.

Bei einer Rundfahrt wird sehr schnell deutlich, wie stark die Stadt im Wandel steckt, denn es wird peripher enorm viel gebaut. Rings um das Zentrum wird abgerissen, modernisiert, neu aufgebaut. Das ist wohl nicht zuletzt dem Zeitgeist geschuldet, der vor keiner Stadt der Welt halt macht. Solange eine Stadt wie Prag ihren urtümlichen Charakter behält, soll es mir recht sein. Es wäre wirklich schade, wenn man nur noch auf moderne Architektur ausweicht.

Aus Prag stammen nicht nur berühmte Persönlichkeiten wie der Schriftsteller, einstige Regimekritiker und spätere Präsident der Tschechoslowakei, Vaclav Havel oder gar die ehemalige Außenministerin der Vereinigten Staaten von Amerika, Madeleine Albright. Nein, auch Filmgrößen wie Dolly Buster erblickten hier das Licht der Welt. Zu einem Oscar hat es die

Dame mit ihren unglaublich tiefgründigen Filmen nie gebracht, oder?

Rainer Maria Rilke und Franz Kafka haben sich hier schon die literarische Klinke in die Hand gegeben. Beim Durchstreifen der Altstadt spürt man förmlich die vergangene Zeit und man kann sich gut vorstellen, wie es damals wohl gewesen sein mag, in einer Droschke hier durchgefahren zu sein.

Nun, die Zeiten ändern sich gewaltig. So viel ist klar.

Zurück in der Neuzeit, mit diesem Wissen, mit Straßenplan und Reiseführer bewaffnet, stehe ich nun an einem meiner freien Tage – wie schon eingangs erwähnt – mitten im Frühling zentral auf dem Wenzelsplatz. Erst mal die Lage peilen.

Der erste Sommerwind nähert sich Praha, wie der gemeine Tscheche seine Hauptstadt nennt. Die kalten Gemäuer im Stadtkern liefern kühlenden Schatten bei knapp dreißig Grad und nach einer kurzen Zeit der Orientierung begebe ich mich auf Entdeckungsreise. Zu Fuß und einigermaßen durstig. Ich bin gespannt auf neue Erfahrungen und Eindrücke. Und falls ich nicht gleich etwas zu trinken bekomme, schlürfe ich das

Wasser der Moldau.

Ich lasse mich auf den Touristenpfad leiten, stelle erfreut fest, wie schön es hier ist, und halte den Straßenplan erst mal geschlossen. Ich gebe mich ganz und gar dem Charme und dem Klang der Stadt hin. Und ich lasse die fremdartigen Gerüche aus den typisch tschechischen Restaurants im Vorbeigehen auf mich wirken.

Bingo! Hier bekomme ich etwas zu trinken. Ein schönes tschechisches Starkbier. Da man auf einem Bein bekanntlich nicht stehen kann, werden es dann auch zwei tschechische Starkbiere sein, bevor ich meine Entdeckerreise fortsetze.

Nach einer Weile, auf Spurensuche nach etwas Besonderem, das Prag ausmacht, stelle ich fest ...

... Baulärm ... Baulärm vermischt mit dröhnender Musik aus vorbeifahrenden Autos, Gepolter und Getöse, als wäre ich mitten in Duisburg, Essen oder im Wuppertal. Ich fühle mich dazu genötigt, mir die Beastie Boys mit *No sleep 'til Brooklyn* aus meiner Musikbibliothek aufs Ohr zu legen und mit gepflegter Lautstärke geht's nun kopfnickend gegen den Lärm von Prag zu protestieren.

Zurück zu den Tschechen und ihrer Stadt.

Eines sonnigen morgens 7 Jahre davor fahren wir nach Prag. Ich sitze bereit zum Abfahren und warte auf meine Fahrgäste. Die Gruppe wurde zuvor schon einmal von einem meiner Kollegen befördert, der mir versichert hat, die Herrschaften seien nett und pflegeleicht.

Ich lade die fröhlich aussehende Seniorengruppe ein, verstaue ihre Koffer und mache mich auf zu meinem Fahrersitz.

Ein Herr im fortgeschrittenen Alter von circa 75 Jahren ist sehr stolz auf sein neues Jackett – jedenfalls verhält er sich so, als hätte er es soeben in einer der teuren Boutiquen in der Düsseldorfer Einkaufsmeile erstanden. Der Mann ist für sein alter noch sehr gut aussehend. Rüstig, wie man landläufig sagt – und durchaus nicht nur braungebrannt, sondern auch noch gut im Saft. Der Herr lässt sich von seinen Mitreisenden bewundern und einer Dame entgleitet der Spruch, dass er sehr gut in seinem Jackett aussieht.

Er betritt den Bus mit den Worten: »Na? Hat der Busfahrer denn auch ausgeschlafen? Gestern Nacht nicht zu lange bei der Freundin gewesen?«

Was für ein Knallkopf, denke ich mir und zeige nur widerwillig ein gequältes Lächeln. Solche Leute liebe ich ja am meisten. Möchtegern & Co. Hauptsache die Fresse aufgerissen.

Während der Fahrt Richtung Prag stellt sich heraus, dass der Mann seinerzeit Geschäftsleiter beim wohl größten Discounter in Deutschland war. Dies erklärt zwar, weshalb er es nicht sein lassen kann, alles um sich herum herabzureden, leider bin ich aber für solche Späße der falsche Adressat. Frei nach dem Motto *Kacke niemals dorthin, wo du isst* bin ich auch in dem Fall der Meinung, dass man Menschen, die einen sicher transportieren, nicht unbedingt mit dummen Sprüchen belegen sollte.

Auf der mehr als neunstündigen Fahrt Richtung Prag entgleist der Herr das ein oder andere Mal wieder. Leider ist es mir oft nicht möglich, meine Ohren auf Durchzug zu stellen. Und so vertritt unser Zeitgenosse auf dem Weg in die Goldene Stadt unter anderem seine abstruse und nicht mehr zeitgemäße politische Philosophie und spart auch in der Folge nicht mit Kritik an so ziemlich allem, was ihm gerade über die Leber läuft.

Nach einer langen Fahrt in Prag angekommen beziehen wir in unserem Hotel das Quartier. Völlig überraschend gefällt dem Herrn auch sein Zimmer nicht.

Wer hätte das gedacht? Es hat für mich sogleich den Anschein, als wäre er lediglich mitgefahren, um seinen Mitreisenden den Spaß an der Reise zu nehmen. Die Fahrt war ihm zu lang, der Kaffee war ihm zu heiß, die Lüftung zu kalt, die Toilette im Bus zu klein. Auch wenn sie bloß als Notdurft in Bussen eingebaut war und natürlich nur zu diesem Zweck hätte benutzt werden sollen. Nämlich für den *Not*fall. Ganz und gar ein netter Zeitgenosse, der die Philosophie, dass früher alles besser war, nicht nur vertritt, sondern lebt.

Nun steht bei dieser Reise kein großes offizielles Programm an. Lediglich eine Stadtführung durch die schöne Altstadt samt Führer war geplant.

»Führer!«, ruft einer laut mit einem rollenden ′R′ und durchaus geschichtsträchtig zusammenschlagenden Hacken. (Warum nochmal hat mein Kollege diese Gruppe tatsächlich als pflegeleicht eingestuft?)

Da ich am zweiten Tag auch nichts Besseres zu tun weiß, schließe ich mich der Gruppe und der Stadtführung an. Selbstverständlich immer als Letzter, da ich durch meine Körpergröße nicht unbedingt mittelalterliche und historische Bauwerke bedecken will, wenn die geschrumpfte Oma mit ihrem Rollator hinter mir parkt. Auch hier erweist sich mein Lieblingspassagier als durchaus eloquenter Vollpfosten.

Mit den Worten: »Ja, der Ostblock hat ganz schön aufgeholt« versetzt er nicht nur die ganze Reisegruppe in Schockstarre. Verdutzt schauen auch Passanten drein, die offenbar der deutschen Sprache mächtig sind. Auch an diesem Tag trägt der Herr das gleiche Jackett. (Wie auch bei der Heimreise. Vermutlich besitzt er nur das eine.)

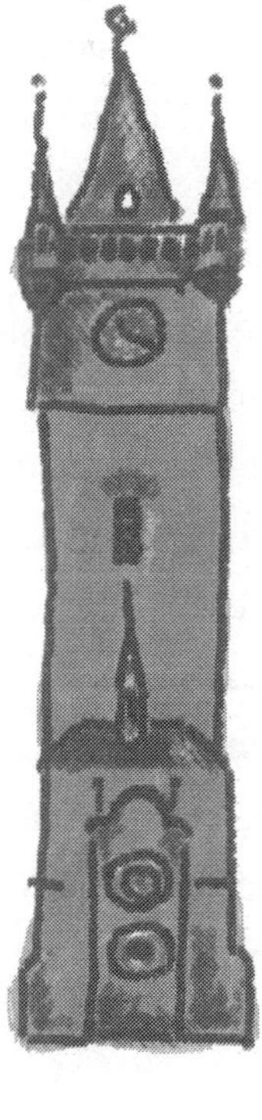

Auf unserer Stadtführung durch das UNESCO Welterbe stoppen wir am Prager Rathaus. Die astronomische Uhr aus dem Jahre 1410 ist bis heute ein Wunderwerk der Technik und wird von vielen 100.000 Touristen jährlich bewundert. Meine Reisegruppe bleibt also staunend vor dem Rathaus stehen und lauscht gespannt den Ausführungen des Reiseführers. Auch hier kann sich unser Lieblingspassagier das ein oder andere Mal mit einem Einwurf höchster Dämlichkeit zum Vollpfosten des Tages degradieren.

Augen verdrehen und den Reiseführer davon in Kenntnis setzen, dass wir wohl ein schwarzes Schaf in unserer Gruppe mitführen, übergeht dieser jedoch mit seinem tschechischen Charme. Eloquent fährt er fort und lässt unseren Dämlack links liegen.

Ich schaue also gemeinsam mit meiner Reisegruppe zur Rathausfassade und bewundere die Uhr, als sich auf dem First des Rathauses eine Taube dazu entschließt, zum Fliegen abzuheben. Offenbar verhält es sich bei Tauben ähnlich wie bei einem Heißluftballon: Sie werfen beim Start Ballast ab, damit sie schnell und besser an Höhe gewinnen können. So entschließt sich die Taube direkt über unserer Gruppe, sich ihres überflüssigen Ballastes zu entledigen.

Auch heute erinnere ich mich noch gerne an diese wie in Zeitlupe ablaufende Situation. Die Taube startet und lässt dabei ihre Exkremente fallen. Als nun auch der Letzte in unserer Reisegruppe mitbekommt, dass die liebe Taube sich das Jackett unseres lieben Herrn als Ziel ausgesucht hat, ist das Gelächter groß. Und der Herr in ebenso höchstem Maße echauffiert. Diesmal läuft er nicht nur in dunklem Kirschrot an, sondern ist zum ersten Mal sprachlos.

Ich bin mir sicher, ich höre Schnappatmung. Der ewig Gestrige hat zum ersten Mal die Schnauze voll. Nicht bloß die Schnauze, sondern auch das Jackett. Mir geht es jedenfalls unmittelbar viel besser und mein Knoten im Bauch löst sich schlagartig.

Suum cuique – Jedem das seine.

Das Karma kackt zurück.

Monaco in 250 Jahren

Von Nizza nach Cannes, St. Tropez und dann nach Monaco. Oder anders herum.

Das hört sich ganz nach einer Reise an, vollgepackt an dekadentem Lebensstil und mit viel Schampus.

Ist es auch irgendwie. Nur eben nicht aus meiner Perspektive. Und schon gar nicht mit dem Bus.

Und Schampus gibt es erst recht nicht. Bin ja der Fahrer.

Ich bleibe also trocken, denn ich befinde mich in diesem Kapitel auf einer Klassen-Abschlussfahrt mit dem Ziel: Cotes d'Azur. Die azurblaue Küste. Oder die französische Riviera, wie man den Küstenstreifen auch nennt. Ein Magnet der Schönen und Superreichen dieser Welt. Die Promidichte ist außerordentlich hoch. Hollywoodstars mischen sich gerne unter das Touristenvolk. Liebhaber des milden Klimas sowie der Hoch- und Geldadel zeigen hier gerne, was sie haben.

Meine Klientel besteht jedoch aus einer illustren Schülerschar samt Lehrkörper. Jener Lehrkörper besteht einerseits aus einem nichtssagenden, dem Alkoholkonsum scheinbar wenig abgeneigten Glöckner von Notre Dame - Double in Kordhosen. Passend dazu zieren ihn pferdeäpfelbraune Hosenträger auf rosa Poloshirt und waldmeisterfarbene Shorts, die an der Außennaht durch einen ebenfalls rosafarbigen Streifen zusammengehalten werden. Meine Augen melden meinem Großhirn ein sofortiges »AUTSCH!«.

Ich bin mir sicher: Wenn es einen Menschen auf dieser Welt gibt, dem die Farbe rosa *nicht* steht, auch nicht in zweihundert Jahren, ist es dieser Mensch. Welches Statement er mit seiner Art, sich zu kleiden, abgeben will, bleibt wohl auch bis zum Ende aller Tage ungeklärt. Die Hosenträger haben jedenfalls alle Mühe, die Leibesfülle des Endvierzigers im Zaum zu halten.

Zum anderen besteht der Lehrkörper aus einer herrlich versnobten, augenscheinlich overdresseden Dame. Ihr mit Make-up zugekleistertes Gesicht, zumindest aber die Schminkweise der Lady, hat einen Touch von Reeperbahn. Sicher ist: Sie kann es nicht abwarten, so schnell wie möglich nach Südfrankreich zu kommen.

Ich kann mich des Eindruckes nicht erwehren, dass die Mittfünfzigerin die Hoffnung auf eine Spontanheirat mit einem Multimillionär noch lange nicht aufgegeben hat und ihrem Glück nur noch die Busreise im Wege steht. Bringen wir es auf den Punkt: Die Frau ist eine aufgetakelte Schnepfe, mit leichtem Hang zum Reizdarm.

Darin lag auch der Grund, weshalb wir auf der Hinreise nicht mit unserer Vierstopp Pausenstrategie hinkamen und wir unsere Fahrtunterbrechungen kurzerhand auf das doppelte Pensum ausdehnen mussten.

Die nette Lehrerin erscheint nun also zur Abfahrt bei frühabendlichen Sommertemperaturen im Pelzmantel. Sieht jedenfalls so aus wie ein Pelz, wenn auch ein recht dünner. Augenscheinlich hat ihr keiner gesagt, dass es Ende Juni an der Cotes d´Azur eher selten zu Minusgraden kommt. Auch sonst ist das Klima im Jahresdurchschnitt eher zartfrühlingshaft als sibirisch.

Sie schafft es, den Schülern den ersten verbalen Einlauf zu verpassen, bevor diese überhaupt »Guten Abend« sagen können.

»Los, beeilt euch mit dem Einladen. Es wird ein langer Reisetag und ich habe keine Lust, mir hier die

Beine in den Bauch zu stehen«, faucht sie drachenähnlich.

Madame Meckerziege hat schlechte Laune, das ist offensichtlich.

Sie macht großspurige, ausladende Posen, als wolle sie einen Learjet besteigen, der sie ungebremst ans Tischtuch von Prinz Albert, dem Zweiten fliegt, um dort in höchsten Adelskreisen zu dinieren.

Da besagter Albert unterdessen auch verheiratet ist, frage ich mich, warum es die Truller so eilig hat.

Wir sind jedenfalls ab jetzt viele Stunden und Tage aneinander gebunden. Der wird das aufgemalte Lachen bald vergehen.

Mein Kollege Karl steht mir als zweiter Fahrer auf dieser Reise bei. Karl, ein überaus netter, jedoch genauso stiller Zeitgenosse und ich verstauen die Koffer der Kids und deren Lehrern im Gepäckraum und sind gleich darauf *ready for take off*.

So, ab dafür, Cotes d'Azur, wir kommen. Eine entspannte Nachtfahrt gen Süden soll es werden.

Gott sei Dank keine auf Krawall gebürsteten Schüler. Alles nette Leute. Selbst der Herr Lehrer hat etwas Sympathisches, er leuchtet zartrosa.

Als er jedoch ins Traumland abdriftet und anfängt,

mich mit seinem Schnarchen zu nerven, schwillt mir zum ersten Mal der Kamm auf der Tour.

Knapp elfhundert Kilometer, gefühlt zwanzig Reizdarm-Pausen, mehrere Fahrerwechsel und zirka siebzehn Stunden später schlagen wir völlig ermattet oberhalb von Monte Carlo auf einem Plateau auf.

Wir steigen für eine weitere Pause, diesmal fotostoppbedingt, aus und genießen den herrlichen Blick über das Fürstentum und seine beeindruckende Lage am Meer. Hier lässt es sich ganz gut leben, so viel steht schon jetzt felsenfest.

Doch nach kurzem Kalkulieren bin ich mir sicher: Selbst, wenn ich die nächsten zweihundertfünfzig Jahre rund um die Uhr Bus fahren würde, hier könnte ich mir nur einige wenige Quadratmeter Wohnfläche leisten. Wobei, wer weiß, ob es mich in zweihundertfünfzig Jahren nicht plötzlich woanders hinzieht? Bin eh jemand, der gerne kurzfristig umentscheidet, seine Meinung so mir nichts, dir nichts ändert. Warten wir es einfach mal ab.

Als wir nun so in Monaco umhergondeln, bemerke ich, dass die 400 PS meines Busses so ziemlich das einzige sind, was uns mit dem Durchschnittsmonegassen verbindet. Der jedoch fährt Bentley, Rolls Royce, Porsche, Lamborghini und ähnlich nettes Spielzeug statt Bus.

Drei Dinge fallen einem sofort auf, wenn man per Omnibus durch das Fürstentum streift.

Erstens: Es ist klitzeklein.

Ok. Das haben wir ja schon vorher gewusst.

Zweitens: Es gibt eine separate Fahrspur, ähnlich der Busspur in Deutschland. Nur hier eben aus Extrawurst-Gründen der Fürstenfamilie. Wahrscheinlich, um sie schneller oder noch rechtzeitig nach Staatsempfängen mit Kaviar und Trüffelgerüffel aufs Klo zu bringen, wenn es einmal nötig ist.

An dritter Stelle denkt man sofort an die Helden der Formel 1, die hier mit ihren Boliden und mit über 300 km/h durch die Straßen sausen. Wie kann man hier nur so wahnsinnig schnell fahren?

Ich jedenfalls nehme die legendäre Rascasse Kurve, vorbei am gleichnamigen

Café, mit dem Bus mit etwas mehr als Schritttempo. Fahrgastfeundlich eben, als ich bei der Stadtrundfahrt auf dem F1 Cours, dem Circuit de Monaco unterwegs bin. Wahnsinnig eng ist diese Rennstrecke. Diese Rennfahrer spinnen völlig. Werden aber auch besser bezahlt im Schnitt. Egal, wenn ich mal groß bin, dann ... Mist, ich bin ja schon groß.

Wird wohl nix.

Alles in allem ein richtig duftes Städtchen mit vielen alten Weibern, die Klunker tragen, die beträchtlich mehr wert sein dürften als jene, die ich meiner Schulfreundin Emelie im zarten Alter von elf aus dem Kaugummiautomaten gezogen habe. Mit alten reichen Säcken, die kaum mehr in ihr Bentley Cabrio passen, weil sich so viel Kummerspeck angesetzt hat.

So ist das Leben. Die einen rackern sich den Hintern wund und die anderen ... ach, man soll ja nicht klagen.

Vor allen Dingen ist Neid kein gutes Gefühl. Also gönne ich es ihnen von ganzem Herzen und überlege plötzlich, ob ich zurück zum Bus laufen soll, um mit einem Wagenheber bewaffnet vor lauter Frust auf den Bentley von dem Stinksack einzuschlagen, der gerade geflissentlich und aber sowas von hochnäsig an mir vorbei, ja, durch mich hindurch schaut. Da meine Versicherung sicherlich nicht bereit sein wird, einen solchen Mutwillen finanziell zu unterstützen, lasse ich von der Idee ab. Wobei, wie mag wohl hier der Knast sein, wenn ein Parkhaus schon so aussieht? Wenn die Zellen Meeresblick haben, dann bleib ich hier! Zu Hause warten im Winter Schneeberge auf mich. Nichts als Arbeit. Hier im milden Klima könnte man doch leben? Zugegeben etwas monoton, aber es gibt sicherlich Menschen, die ein Leben hinter Gittern in Monaco einem Vegetieren in Deutschland unter einer Brücke vorziehen.

So, genug Sozialneid geschürt.

Da ich ja auch ein ehrlicher Knochen bin, kommt ein Verbrechen sowieso nicht in Frage. Dann schreib ich doch lieber ein Buch über meine Erlebnisse auf meinen Fahrten durch Europa. Ha, guter Plan!

Würden Sie bitte dieses Buch ihren Freunden und Bekannten weiter empfehlen?

P.S.: Es ist dringend! Ich brauche Geld, ich will nach Monaco!

Saint Tropez

Welcome to Saint Tropez, ballerte es vor einigen Jahren bei der Jugend aus aufgemachten Polos, Golfs und Audi A3s.

Eine grandiose Lage an der Cote d´Azur. Ein recht kleines, überschaubares Nest mit vielen anschaulichen Gassen zum High End Shopping. Nix für schwache Geldbeutel, so viel wird auf den ersten Blick schon klar. Aber so ein weltmännischer Busfahrer wie ich hat sicher kein Problem, ein schönes Mitbringsel zu ergattern, das auf Lebzeit seiner Bestimmung zugeführt werden kann: in einer Ecke des Eigenheimes dick zu verstauben oder gar als Briefbeschwerer zu fungieren.

Beim Schlendern durch das kleine Städtchen finde ich tolle kleine Boutiquen, aus denen der letzte Schrei der Modewelt zu *hören* ist. Miniatur-Bilder Galerien, in denen Klassiker neben zeitgenössischer Kunst zu finden sind. Selbstverständlich hängen hier keine mundgemalten Affenbilder aus der Schimpansenbeschäftigungsgruppe des Kölner Zoo´s. Wenngleich so mancher Farbklecks auf einigen Gemälden stark daran erinnert. Aber das ist wohl nur meine subjektive Busfahrermeinung.

Nun – und selbst wenn ich diese schönen Bilder auch als solche einstufen würde, ich hätte gerade nicht so viel Bares am Mann. Sonst ja schon. Auf jeden Fall. Aber heute nicht.

Ich schlendere also weiter an den Spuren der Haute couture vorbei, an der Haute Cuisine in Form einiger nobler Restaurationen, Bistros und Bars, hinunter zum Strand zur Haute Volée und ihrer von der Sonne getoasteten Haute d´Krebs. Ja, auch Reiche sind sterblich. Sie sterben aber etwas feudaler als unsereiner. Während sich der abgelebte Modelabelinhaber gerne mal im goldbeschlagenen Sarg mit sechs Kubikmetern Erdreich abdecken lässt, wird um unsereins gerne mal einen Bretterverschlag gezimmert, der Würmer und Insekten sicher drei bis vier Wochen vom Körper fernhält. Naja, aus dieser Perspektive betrachtet ist es wohl ziemlich wurscht, Hauptsache tot, oder?

Da wir aber bei Saint Tropez nicht unbedingt nur an Beerdigungen denken wollen, schalte ich nun gekonnt wieder in die Sonne zurück und zaubere Ihre Gedanken geradewegs ins Hafenleben und der High Society Kulisse, die sich dort präsentiert.

Sicher ist man als Normalo in St. Tropez auch gerne gesehen. Benötigt man doch dringend Leute, die einen um seine Fünfzig Millionen Dollar Yacht beneiden. Dekadenz schreibt sich eben nicht wirklich klein. Es herrscht ein offener Schlagabtausch zwischen Superreichen und jenen, die es gerne wären. Die einen sitzen an Deck ihrer Yacht und ärgern, pardon, freuen sich über den Pöbel, der ihnen beim Trinken einer Tasse Pandabärenkot-Tee zusieht. Für schlappe 25.000 Euro. Selbstverständlich pro Pfund. Kein Witz. Wenn einem die Geschäftsideen ausgehen, sollte man unbedingt versuchen, aus Scheiße Geld zu machen, oder?

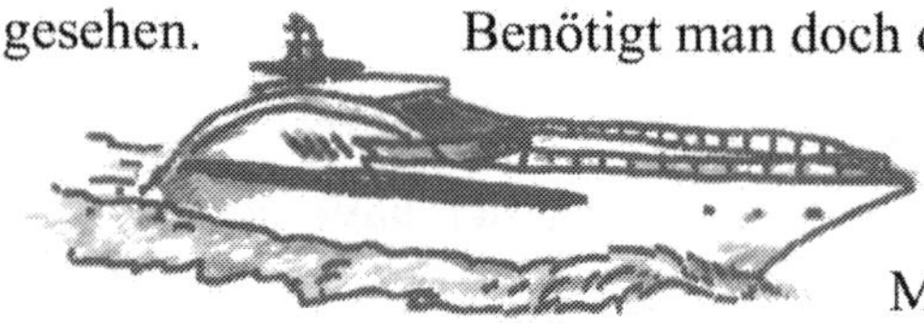

Traurig ist die Prominenz aus Adel, Big-Business und Showgeschäft darüber, dass man ihnen ihre Nobelhobel-Schiffchen nicht richtig gönnt. Während auf der anderen Seite – gegenüber der Schiffsanlegestelle in diversen Bistros – die Armut sitzt, bei Harz 8, Kaffee, ein Einheitsgebräu aus der ganzen Bohne zu 7€ das Tässchen, auf dicke Hose macht und eben nur allzu gerne einmal barfuß bei Millionär und Milliardär nach dem Rechten oder Linken sehen würde, sonnt sich die Elite in ihrem Reichtum.

Sollte ich im Leben ein weiteres Mal das außerordentliche Vergnügen haben, mir dieses Spektakel anschauen zu dürfen, erlaube ich mir an der Kaimauer einfach mal ein kleines Späßlein. Frage so einen multimillionenschweren Bootsbesitzer, der zwanzigfach geliftet, mit Botox gebügelt und ein junggebliebener Mittsiebziger sein wird, im Kreise seiner Frau, seiner beiden Gespielinnen, und einer Heerschar an Freunden und Gefolge, welche um Trüffelgerüffel sitzend Feingebäck aus Saudi-Arabien knabbert, frisch und kühl serviert durch einen Butler in weißem Jackett, weißen Handschuhen, übrigens auch barfuß, ob ich mal bei ihnen aufs Klo könne – ich müsse mal dringend groß.

Auf die Blicke bin ich mal gespannt. Sicherheitshalber sollte ich vorher RTL verständigen, damit Frauke Ludowig etwas Explosives berichten kann.

Ich muss einfach mal wieder da hin.

Sankt Moritz

Ich bitte um Vergebung, wenn ich mal wieder klugscheißen muss, aber man sagt nicht, Sankt Moooritz, sondern Sankt Moriiits. Fauxpas Ihrerseits? Kein Problem. Gern geschehen! Kann ja mal vorkommen.

Begeben wir uns nun in die Schweiz. Zu den Eidgenossen. Ins Heidiland. Zu Toblerone, Cordon Bleu und zum Käsefondue der Extraklasse.

Ich befinde mich auf einer Exkursion mit angehenden Geologen, Geografen und deren Dozenten, kreuz und quer durch die Alpen, mit dem Ziel Gardasee. Dabei führt uns unsere Route natürlich durch die schöne Schweiz. Ich war schon öfter da, nur eben mit dem Bus noch nicht. (Ich mag die Schweizer Berge sehr.)

Es ist ein beeindruckendes Land mit prächtigen Gipfeln und schönen Tälern. Einfach urig. Rustikal. So mancher Eingeborene ist für meinen Geschmack einen Ticken zu langsam, aber das Land an sich ist wirklich eine Reise wert. Verstehen Sie mich nicht falsch, ich mag die Schweizer. Ehrlich! Es hat bisher aber den Anschein, als hätte ich immer das Vergnügen, den zeitlosesten aller zeitlosen Herrschaften zu begegnen.

Nun, fernab jeglichen Großstadtstresses, in Hochtälern, die oft mindestens auf fünfzehnhundert Metern angesiedelt und von Viertausendern umrahmt sind, kann man ja mal das Gefühl für die Zeit verlieren, ganz klar. Aber zu agieren, als stünde man kurz vor der Mumifizierung, das tut mir in der Seele weh. Speziell, wenn ich es eilig habe und es mal schnell gehen sollte. Wohl gemerkt, die Herrschaften, um die es geht, waren und sind bis heute, so hoffe ich jedenfalls, quietschfidel und bei bester Gesundheit. Einzig ihr Tempo, das sie an den Tag legen, kommt einer Flasche Baldrian gleich.

Dies bemerke ich zum ersten Mal, als ich den Grenzübergang bei Weil am Rhein mit dem Bus passieren will. Zu diesem Zwecke muss man auf Höhe des Schweizer Grenzhäuschens anhalten, am besten den Motor abstellen, und dann in die Schalterhalle hineinspazieren, um die Straßensteuer zu entrichten. Ähnlich wie bei uns die LKW Maut. Oder wie in Österreich die Vignette. Jedes Kind hat halt so seinen Namen.

Ich bin also mit dem Fahrzeugschein und ausreichend Kohle ausgestattet auf dem Weg zum Schweizer Wegelagerer, um ordnungsgemäß meinen Tribut an die helvetischen Straßengötter zu entrichten.

»Grüß Gott, wo kann ich denn bitteschön die Maut bezahlen?«

»D's isch kcheine Maut, d's isch die Straßensteuer, bitteschön!«

»Sei es drum, wo kann ich bitteschön die Straßensteuer entrichten?«

»Bei meinen Kchollegen, am Schalter nebenan.«

»Besten Dank!«

»Bitteschön! Grüß Gott! Wenns dn siehscht!«

»Hoffentlich nicht so bald.«

»Na, dann fahr langsam!«

»Ich probiers!«

»Na, nicht bloß probieren, auch machen!«

»Jup!«

Ich also einen anderthalben Schritt seitwärts gesteppt, da steh ich plötzlich vor einer weiteren Glasvitrine mit einem kleinen Hinweisschild, auf dem die baldige Rückkehr des Zollsachbearbeiters versprochen wird, der da lautet: »Bin gleich wieder da!«

Das wäre große Klasse, wollte nämlich gerne an Weihnachten zu Hause sein. (Um diese Situation kalendarisch besser einordnen zu können – wir befinden uns tief im August.)

Ich warte also einige Minuten. Da sich meine Ungeduld langsam in Harndrang umwandelt, werde ich innerlich nun langsam etwas ungemütlich.

Als ich den Schweizer Zöllner von eben nochmal freundlich um Mithilfe auf der Suche nach seinem offenbar verschollenen Kollegen bitte, meint dieser freundlich, aber bestimmt: »Ich haabe Ihnen doch schon gesaagcht, dr kchommt gleich!

»Besten Dank für die Unterstützung!«

»Kchein Problem!«

»Gracias!«

»Mein Herr, wir sind chier nicht in Spanien, sondern in d'r Schwiz!«

»Gott sei Dank!«, sonst hätte ich mich ja schon wirklich krass verfahren.

Eine gefühlte Stunde später öffnet sich ganz unerwartet der Schalter und ein etwas müde dreinblickender Zöllner schaut mich fragend an.

Ich konnte mich gerade so Bremsen, ihn zu fragen: »Na, ausgeschlafen?« Stattdessen sage ich: »Grüß Gott!«

»Wenn du ihn sieh'sch!«

Ja Herrgott, bin ich hier bei der versteckten Kamera? »Ich würde gerne die Straßensteuer entrichten, bevor der erste Schnee kommt!« Ok, den letzten Teil des Satzes habe ich mir nur gedacht, wollte ja nicht das Wochenende wegen Beamtenbeleidigung in Haft sitzen.

Ich zahle also meine Steuer in Euro und bekomme Schweizer Spielgeld zurück. Natürlich echtes Geld, sieht halt nur so aus, als würde ich gerade mit meiner Nichte Monopoly spielen. Meine Quittung geschnappt, schnell noch den Lokus aufgesucht und ab in die schöne Schweiz.

Der Anreisetag verläuft recht beschaulich. Berge und Fachwerk, soweit das Auge reicht. Ja, so soll die Schweiz bitteschön aussehen.

Wir fahren unser erstes Etappenziel bei Sankt Martin an und es geht sicher eine Dreiviertelstunde nur bergauf. Auf dem Hochplateau angekommen weiß ich, dass der Bus einem Kamel gleich durch ein Nadelöhr fahren muss. Links ein Wohnhaus, rechts eine Scheune, in der Mitte soll ich durch. Nur wie?

»Da gibt´s einen Parkplatz, da kann man wenden«, höre ich einen Professor sagen. »Da waren wir schon im letzten Jahr, als wir die Exkursion vorbereitet haben.«

Zwar weiß ich, dass man auf solche Aussagen in der Regel nichts geben sollte, aber ein Blick in den Rückspiegel zeigt mir, dass mir ohnehin nichts anderes übrig bleibt, als es herauszufinden.

Natürlich weiß man aufgrund seiner Erfahrung, wie breit der eigene Bus ist. Das geht dann gut, wenn die Straße den entsprechenden Verhältnissen angepasst ist und alle Winkel stimmen. Aber es gibt natürlich auch bauliche Situationen, in denen man eines Besseren belehrt wird. So heißt es für mich erst mal Spiegel abmontieren, sich auf den Instinkt und das eingebaute Popometer verlassen, Augen auf und ... durch.

Ich klopfe mir in Gedanken auf die Schulter. *Das muss mir erst mal einer nachmachen.* Glück gehabt!

Zumindest denke ich das, bis wir den spektakulär *großen* Parkplatz erreichen. Ich forme innerlich eine Brezel aus dem Lenkrad und wende mich langsam dem

Professor zu. »Sind Sie sicher, dass Sie schon mal hier waren?«

»Äh ... ja. Also ... zugegebenermaßen mit dem Auto, aber ...« Er verstummt. Wird sich wohl seiner eigenen Dummheit bewusst.

Mein Mund öffnet sich und zeigt nicht nur meine Zähne, sondern auch mein eingefrorenes Lächeln, mit dem ich meine Gedanken überdecke. *Du Hornochse!*

Alleine durch meine Geste versteht der liebe Herr Professor wohl trotzdem, dass er kurz davor ist, abzuheben oder sich zumindest für den Rest der Tour auf dem Schleudersitz befindet.

Alles, was mir jetzt noch bleibt: Wenden in gefühlt 437 Zügen auf dem bierdeckelgroßen Parkplatz und ein Fazit für alle Kollegen: Verlasse dich niemals auf folgende Aussagen diverser Fahrgäste:

- Da kannst du auf jeden Fall wenden.
- Da gibt es auf jeden Fall einen Parkplatz.
- Da kommst du ganz sicher durch.
- Da ist auf jeden Fall genug Platz.

Damit ersparst du dir eine dreiviertel Stunde Serpentinengegondel engster Art mit einem Bus voller Fahrgäste, die nicht nur ihres Harndrangs wegen Pipi müssen. Tja. Immerhin habe ich die Situation glorreich gemeistert. Vielen Dank für diese Aufgabe, Herr Professor.

Ein anderes Mal verschlägt es mich erneut in die Schweiz – in das schöne Engadin.

Wer von Haus aus kein dickes Fell hat, jedoch das nötige Kleingeld, kauft sich vor Ort in Edelpelzboutiquen den neuesten Schrei der Saison. Russischer Bargusin Zobel für schlappe 68.000 Euronen das Mäntelchen. Selbstverständlich versandkostenfrei für nicht Selbstabholer.

Die Mutti gut eingewickelt im toten Tier geht es zum Uhrmacher um die Ecke, Papi will ja schließlich auch nicht leben wie ein Hund. Eine Chopard Uhr lacht ihn für günstige 850.000 Euro an. Gekauft. Nachdem wir nun wissen, was die Stunde geschlagen hat, geht es quietschvergnügt hinunter zum See.

Zugefroren.

Da stehen Zelte drauf. Eine Schneebar. Fackeln am helllichten Tag, was für eine Verschwendung. Da laufen Pferde. Da wird Schampus in rauen Mengen geballert. Da hat der Discounter um die Ecke aber nen Großabnehmer.

Man kennt sich. Das *Who is Who is who* ... nanu? Wer bist denn du? Den Learjet zwei Dörfer weiter geparkt, trifft man sich hier mal eben zu einer runde Polo und verteilt Bussis, wenn man es geschafft hat, bis zum Ende auf dem Gaul geblieben zu sein. Man lebt in Sankt Moritz mondän. 5-6-7, was weiß ich, wie viele Sterne. Alles teuer und nobel.

Für mich hingegen geht es ab in die Jugendherberge, auf der anderen Seite des zugefrorenen Sees. Den Schlafsack zugezippt und mit kalten Füßen und meinem Traum ab ins Weltall. Bin nämlich müde von der langen Fahrt über die Alpen und brauche nun eine Mütze voll Schlaf. Morgen steht die nächste Etappe an. Gute Nacht einstweilen.

Oh Mann, ich hab vergessen, das Licht abzuschalten ...

- 9 -

Berlin

Ja, Berlin ist wahrlich und wahrhaftig eine tolle Stadt. Waren Sie schon einmal da?

Ich bin in diesem Kapitel zwar nur für ein Wochenende in unserer Bundeshauptstadt, jedoch lasse ich es mir nicht nehmen, den Puls der Zeit zwischen Brandenburger Tor und Checkpoint Charly in mir aufzunehmen. Spaziere also durch die Metropole, vorbei an einer Apotheke, auf deren Außenanzeige sommerliche 27 Grad festgestellt werden.

Das Erste was mir ins Auge fällt, ist eine Eisdiele, die so leckere Sorten wie Currywurst-Maracuja oder Cheese-Garlic-Onion-Shakes anbietet ... Ich reibe mir sofort die Augen und sogar nach mehrfachem Wiederholen wird die Eiskarte nicht besser. Also jedenfalls für meinen Geschmack. Aber vielleicht ist das ja eine

Dog-Eisdiele. Quasi als Schickimicki Anlaufstelle für alle Hundebesitzer oder Menschen, die dem Beruf des Dog-Walkers nachgehen und dem täglichen Gassigehen im Park mal ein hundepädagoisches Gegengewicht bieten wollen. Sachen gibt es. Als ich aber bemerke, dass diese Eisdiele tatsächlich von Menschen frequentiert wird und ich auch keinen Vierbeiner weit und breit erkennen kann, muss ich wohl feststellen, dass ich spontan in einen Tiefschlaf gefallen sein muss, der mich von solch einem Unsinn träumen lässt.

Nix da. Als ich fast von einem Fahrradkurier als Prellbock missbraucht werde, bemerke ich, dass ich wirklich nicht Träume, sondern dies anscheinend bittere, oder besser gesagt, herzhafte Realität zu sein scheint.

Da ich nun ein neugieriger Mensch bin und mich auch irgendwie magisch zu dieser Eisdiele hingezogen fühle, trete ich näher und traue meinen Augen nicht. Ich lese: Forelle-Blau-Eis. Was um alles in der Welt ist Forelle-Blau-Eis? Schmeckt das nach Fisch? Sind da

Gräten drin? Was ist bloß aus dem guten alten Schlumpf-Blau geworden? Hat man das verboten? Vielleicht, weil so viele Schlümpfe in kalten Edelstahlpressen ihr Leben ließen, um an den Farbstoff zu gelangen? Forelle-Blau-Eis.

Hier geht irgendwas nicht mit rechten Dingen zu, denke ich mir und schaue den Verkäufer wohl so entsetzt an, dass er mir spontan einen roten Plastiklöffel mit einer Probierportion reicht. Ich stehe wie angewurzelt da und bin mir nicht sicher, ob ich gerade einen Gastauftritt bei *Verstehen sie Spaß?* habe ...

Es handelt sich offenkundig um einen Marketinggag. Ausgefallene Namen für Eissorten verkaufen sich blendend, wie es scheint.

Mir ist gerade so, als würde mir in meiner Stammkneipe eine Dornkaat-Schorle angeboten, eine Klosterfrau-Orange, ein Doppelherz-Cola und zum Essen vielleicht noch Rindermett-Schoko vorgesetzt, oder gar ein Leberwurst-Traube-Nussbrötchen serviert werden. *Gehts noch?? Wo bin ich denn hier gelandet?*

Ich teste natürlich trotzdem, was mir der nette Italiener über die Eistheke hinstreckt. Sieht nach viel Farbstoff aus, riecht aber überraschend lecker, gar nicht nach Knoblauch oder anderen Gewürzen, die ich sicherlich niemals zur Eisproduktion heranziehen würde. Ich schiebe den Löffel vorsichtig in meinen Mund und stelle nicht unwesentlich erleichtert fest, dass es sich um einen recht geschickt verpackten Marketing-Schachzug handelt, um Passanten auf die Eisdiele aufmerksam zu machen. Es ist Zitroneneis vom Feinsten. Zugegeben, nicht ganz in der Farbe, in der ich es erwartet hätte, aber dennoch recht lecker und passend zum Sommertag allemal. Mir fällt ein kulinarischer Stein vom Herzen und ich bin froh, dass diese Masse nach Zitrone schmeckt und nicht nach Saumagen oder Ähnlichem.

Ja, das ist eben Berlin. Immer für eine Überraschung gut. Frei nach dem amerikanischen Philosophen Forrest Gump: Das Leben ist wie eine Schachtel Pralinen, man weiß nie, was man bekommt.

Beim Entfernen von der Eisdiele höre ich noch, wie der Italiener den nächsten erstaunten Kunden bedient.

»Ick hätte jerne 3 Kugeln Entenleber.«

»Im Becher?«

»Jeht ooch uffe Hand, inne Waffel!«

Ich sehe zu, dass ich Land gewinne.

Norwegen – Die Reise beginnt

Waren Sie schon mal in Norwegen? Falls nicht, müssen Sie unbedingt da hin! Planen Sie einen Urlaub für mindestens zwei Wochen und bewundern sie die sagenhafte Schönheit dieses wundervollen Landes. Bleiben Sie keinesfalls an nur einem Ort, sondern bereisen Sie die schönen Fjorde und tauchen Sie ein in märchenhafte Landschaften. Sagenhafte Wasserfälle, sagenumwobene Felsformationen. Stabkirchen, Gletscher und bunte Holzhäuser, in denen wahrhaftig nette und entspannte Menschen leben. Ein Paradies – nicht bloß für Wanderer, Rucksack Touristen und Angler.

Ich schwelge in Erinnerungen und komme aus dem Träumen nicht mehr raus. Es gibt wahrhaftig nur Positives über dieses Land zu berichten. Wenn das Bier und der Wein bloß nicht zu teuer wären. Dieser traurige Umstand war auf dieser Fahrt wohl nicht jedem bewusst ...

Eine Tour der besonderen Art führt mich also nach Norwegen. Eine Exkursion mit Studenten einer Universität im Südwesten Deutschlands. Eine Busladung voller Geographie- und Geologiestudenten begleitet mich zunächst quer durch Schweden, um dann in Norwegen unsere eigentliche Reise zu beginnen.

Was für ein Trip. Welch ein Abenteuer.

Dies ist ja nicht meine erste Exkursion mit Studenten, sodass ich ungefähr abschätzen kann, was auf mich zukommen sollte. (So glaubte ich zumindest.)

Auf kleineren Exkursionen durch Deutschland waren ansonsten stets mindestens ein Professor, ein bis zwei Doktoren und der ein oder andere Doktorand mit im Leiterteam.

Als ich jedoch die Gruppe zur Norwegen Tour einlade, wird mir gewahr, dass die ganze Zeit über bloß eine einzige Dozentin mit dabei sein wird. So weit, so unspektakulär. Die Dame ist tatsächlich eine Frau Doktor. Sowohl vom Aussehen wie auch vom Alter her aber nur knapp über dem der Studierenden. Eigentlich sieht sie sogar noch jünger aus ... vielleicht ist sie gar eine der jüngsten Doktortitelträgerinnen ihres Fachs aller Zeiten? Ich habe ja keine Ahnung, aber sie ist wirklich noch wahnsinnig jung.

Ich stelle also zur vereinbarten Zeit am vereinbarten Punkt vor der Universität den Motor meines Busses ab, um mit dem Beladen zu beginnen. Ein kleiner Pulk im Halbschlaf gefangener, übernächtigter und sicher auch noch zum Teil mächtig betrunkener Studenten begrüßt mich sogleich mit einem herzerwärmenden und überschwänglichen: »Moin.«

Ich öffne die Ladeklappen des Kofferraums und die Studies machen keine Anstalten, den Bus zu beladen. Alle sind irgendwie im Gespräch vertieft oder mit ihrem Handy beschäftigt. Ein nettes: »Ihr könnt jetzt gerne euer Gepäck einladen, wenn ihr wollt«, verhallt wie das Echo in den Bergen. Okay, ich helfe natürlich gerne beim Beladen des Busses. Normalerweise. Vornehmlich im Alter und im schlechten Gesundheitszustand fortgeschrittenen Menschen. Aber jungen Studies, die fast halb so alt sind wie ich, die dürfen ihre Bandscheiben gerne noch selbst malträtieren mit ihren zwei Zentner schweren Koffern, in denen sicher bloß Wein- und Biervorräte für die Tour gebunkert sind. Ja, ich kenne meine Pappenheimer. Aber da ich ab jetzt knappe zwei Wochen Zeit habe und es mir wahrhaftig wurscht ist, ob wir diese Zeit nun in Norwegen verbringen oder auf dem Parkplatz vor der Uni, verschränke ich meine Arme vor der Brust und beginne damit, auf und ab zu schlendern.

Irgendwie hab ich dann wohl etwas verpasst, eine Art Startschuss, der offenbar an mir vorbeigegangen ist, muss es gegeben haben. Hektisches Treiben setzt ein, alles Gepäck und Proviant wird im Laderaum verstaut und die Ersten latschen etwas schwerelos vom Restalkohol in den Bus.

Geht doch, denke ich mir. Ich frage den Rest der Truppe, der noch gemütlich seine Kippen aufraucht, wo denn die Exkursionsleiterin ist.

»Sitzt schon im Bus«, wird mir versichert und mir ist nun fast danach, statt nach Norwegen wohl besser die nächste Bundeswehrkaserne anzufahren, um der anstandslosen Meute auf dem Truppenübungsplatz etwas Kultur zu vermitteln. Aber so sind die jungen Erwachsenen von heute. Obwohl ich mich selbst nicht zum alten Eisen zähle, sind mir dennoch Umgangsformen wie etwa Guten Morgen, Guten Tag, Bitteschön, Dankeschön und Auf Wiedersehen durchaus geläufig. Aber hier bin ich nicht sicher, ob ich es mit

Menschen zu tun habe, deren Hochschulreife ihnen wahrhaftig ein Geologie- oder Geografistudium möglich gemacht hat oder mit einer Bande Wachkomapatienten, die sich verlaufen haben.

Sei es drum. Zu laute Menschen sind ja noch schlimmer und die hier werden auf der Tour sicherlich vieles, aber wohl eher an ihrer eigenen Langeweile sterben, als in irgendeiner Form zu laut zu sein. Zumal Kopfhörer für Handys ja nun auch schon erfunden sind.

Ich schließe also nicht nur meine eigene, sondern auch die Klappen des Busses wieder und stapfe die drei Stufen hoch, um mein Ritual vor Fahrtantritt durchs Bordmikrofon zu verkünden. Ich stelle mich vor, gefolgt von einer kurzen und freundlichen Einleitung und Einweisung in sicherheitsrelevante Dinge, die mir der Gesetzgeber vorschreibt und wünsche im Nachgang eine schöne Tour und eine angenehme Fahrt. (Obwohl mir mehr nach »Anschnallen, Kippe aus, Schnauze halten« zumute ist.)

Ich habe es also nicht bloß mit den angekündigten 30 Studenten zu tun, die nur knapp dem Kindergarten entwachsen sind, nein, offenbar auch mit einer Exkursionsleitung, deren Führungsqualitäten wohl in irgendeinem Diercke Weltatlas als Lesezeichen hängen geblieben sind.

Wie sich kurz darauf herausstellen wird, ist die Dame durchaus nett und mit Sicherheit eine Koryphäe ihres Fachs, jedoch an Naivität und ängstlicher Ausstrahlung letztlich ihren Studenten gegenüber kaum zu überbieten. Sie war also nicht unhöflich, sondern ist so mächtig unsicher und introvertiert, dass ich im Verlauf der Reise das ein oder andere Mal wirklich Angst habe, sie könnte implodieren. Ein gehauchtes »Buh« hätte sicher ausgereicht, um sie für immer in eine Schockstarre zu versetzen. Definitiv ist sie sehr bemüht, das Klima und die Laune der Studenten nach Fahrtantritt im Allgemeinen im Griff zu halten. Aber ich habe gleich von Beginn an das Gefühl, dass die Frau Doktor nicht von allen Studies ernst genommen wird und ich vermute, es ist wohl eine Premiere für sie. Vielleicht eine Art Feuertaufe, die sie bestehen muss: Zwei Wochen ein Rudel Studenten im Zaum zu halten.

Die Fahrt beginnt links unten auf der Landkarte und geht also zunächst quer durch die Republik Richtung Kiel. Dort angekommen hopsen wir mit dem Bus auf die Fähre und es geht ab dafür nach Göteborg. Eine ganze Nacht lang dauert die Überfahrt auf See. In meiner feudalen Innenkabine im Bauch des Schiffes finde ich sogleich etwas Schlaf und träume mich wie jede Nacht auf meine fast menschenleere Insel im Pazifik, auf der ich Kokosmilch schlürfe und mich keine Umleitung, Baustelle, kein Verkehrschaos mehr interessiert. Ich falle in einen tiefen Schlaf und hoffe, der Kapitän spielt bis morgen nicht Schiffe versenken mit unserer Fähre.

Am nächsten Morgen von Bord, meine Studenten wieder eingesammelt, geht es zunächst auf schwedischen Straßen weiter. An dieser Stelle sollte ich einwerfen, dass natürlich auch Schweden unbedingt eine Reise wert ist. Landschaftlich gesehen ein absoluter Hingucker und echt wenig los. Generell ist in den nordischen Ländern eher nichts vom Stress, den wir zum Beispiel auf deutschen Autobahnen erleben, zu spüren. Und die schwedischen Schwedinnen, die ab und an am Wegesrand durch kleine Dörfer zu sehen sind, tun auch wirklich nicht im Auge weh.

Natürlich wird einem schon beim Blick auf die Straßenkarte klar, weshalb es stressfreier ist, in Schweden und Norwegen zu fahren. Dort gibt es schlichtweg weniger Autobahnen und aufgrund der geringeren Einwohnerzahl pro Quadratkilometer einfach mehr Beinfreiheit. Weniger Einwohner pro Quadratkilometer, kein Stau, weniger Baustellen. Oh Mann, tut das im Gegensatz zu Deutschland gut. Wir sind echt richtige Baustellenweltmeister. Natürlich begegnet man in allen Ländern Europas Baustellen, aber bei uns sind sie nicht bloß mit Abstand am längsten, sondern zumindest gefühlt halt wirklich alle paar Autobahnkilometer zu finden.

Umso entspannter fährt es sich jetzt, wenn man auf solch ruhigen Pisten unterwegs ist. Echt nervenschonend.

Ein Referat jagt im Bus derweil das nächste und unser Kurs ist steil auf Nord/Nord-West eingestellt. Etappenziel Oslo. Jugendherberge. Die Stimmung der Studenten steigt und ich glaube, der ein oder andere hat sogar wirklich noch Puls.

Ein erstes Beschnuppern findet statt. Ich habe meinen Koffer im Zimmer deponiert, das zwar ein wenig rustikal und spartanisch aussieht und eingerichtet ist, jedoch ganz den Klischees gängiger Jugendherbergen entspricht. Ich wusste ja, es wird keine Luxusunterkünfte auf der Tour geben. Und ich bin natürlich auch auf so ziemlich jede Schlafstätte vorbereitet – von

Bundeswehrschlafsack über Insekten- und Desinfektionsspray, Lade- und Verlängerungskabel bis hin zu Esbit Kocher, Sturmfeuerzeug, Anglerzubehör mit Klappstuhl und Notfall-Konservendosenvorrat aus der Ravioliabteilung gängiger Supermärkte. Butterkekse, Kopfschmerz- und sogar Kohletabletten, falls mich unvorhergesehen einmal die Rache des Aztekenherrschers Montezuma ereilen sollte. Kurzum, ich bin auf fast jede Situation vorbereitet und ich habe so ziemlich alles dabei, was man für mindestens ein bis zwei Wochen in freier Wildbahn zum Überleben braucht.

Selbst für fahrtfreie Tage bin ich gewappnet und habe nicht bloß zum Eigenbedarf für freie Tage stets Bier und Wein an Bord. Auf einer zweiwöchigen Exkursion mit Studenten, die sich gerne mal ihre Kommilitonen schönsaufen müssen oder um den ganzen Lernstress zu verdrängen, eben angepasst ein bisschen mehr.

So dauert es auch nicht lange und die ersten geistreichen Getränkevorräte vieler Teilnehmer sind auch schon nach dem Ende des ersten Tages unserer Hinreise nach Oslo aufgebraucht. Ein Besuch im nordischen Supermarkt sorgt obendrein für sprichwörtliche Ernüchterung in der studentischen Bafög Börse. Ein wahrhaftiger Albtraum für so manchen Dosenbier- und Tetrapackweinliebhaber. Liegen die Preise für Spirituosen in nördlichen Gefilden doch um ein monströs Vielfaches höher als beim heimischen Getränkedealer.

So kommt ein wenig Leben in die Bude und die Studenten treten säuselnd, ja fast schon singend an mich heran. Die ersten Fragen in folgender Formulierung werden an mich gerichtet: »Hat der liebe Herr Busfahrer denn auch Bier an Bord?«

Ja, hat er ... hat er natürlich immer. Dies sollte natürlich generell zur Grundausstattung eines jeden Fahrers gehören, um seine Fahrgäste stets versorgen zu können. Jetzt stellt sich nur noch die Frage an mich: Bin ich ein Arschloch oder bin ich so nett und verkaufe den Studenten die Ware zum normalen Tarif?

Selbstverständlich bin ich *kein* Arschloch und habe Mitleid mit den durstigen Studis. Zum Dank singen sie dem Busfahrer ein *Trullala* und watscheln sogleich im Gänsemarsch hinter mir her zum Bus. Ich öffne die hintere Kofferraumklappe und die lieben Studierenden fühlen sich wie im Getränkeparadies. Sie können ihr Glück kaum fassen. Eine rollende Oase im hohen Norden. Auf einen Schlag habe ich plötzlich viele Freunde.

Wie man in den Wald hineinruft, schallt es zurück. Hätten sich meine Fahrgäste auf der langen Reise respektlos verhalten oder mir den Bus zugemüllt, hätte ich auch anders gekonnt. Aber so ist es eben ein Geben und Nehmen. Das Ganze ist also ein Auftakt für eine wundervoll harmonische Reise. Ich bin der Held und alle haben mich lieb.

Auf zu neuen Abenteuern. Vorbei an Lillehammer, wo wir im Spätsommer Skispringer beobachten können, die anstatt auf Schnee auf grünen Matten landen.

Nächstes geologisches Highlight: Ein Hochplateau. Am Vortag wurde von der lieben Frau Doktor angekündigt, dass eine Wanderung ansteht. Die Studies mögen sich darauf einstellen, geologische Informationen in sich aufzusaugen und interessante Landschaftsreliefs zu Gesicht zu bekommen. (Ob geologisch oder geographisch wertvoll, hat sich mir als Busfahrer nicht erschlossen.)

Nach mehreren Stunden Fahrt stehe ich also irgendwo am Rande einer Hochebene, die sogleich von meinen wissbegierigen und eifrigen Studies erwandert werden soll. Ein längerer Fußmarsch ist angesagt. Die Gruppe wird noch im Bus in zwei Teile aufgeteilt.

(Wie sich später herausstellen soll, ist dies wohl der Kardinalfehler an diesem Tag.)

Die Hinweise auf angemessene Kleidung, mögliche Wetterkapriolen und festes Schuhwerk von Frau Doktor sind wohl ungebremst im Kabel des Bordmikrofons stecken geblieben. Ansonsten wären die Studies bei zunächst gutem Wetter wohl kaum mit Sandalen ausgerückt. Wenn man dann noch von einem Blizzard überrascht wird, kann das schnell zum prächtigen Problem werden. Und dieser angedrohte Blizzard bricht tatsächlich über meine Studies herein.

Während ich zumindest im trockenen Bus sitze und mir dieses Wetterphänomen – eine Mixtur aus Stark- und Eisregen mit mittelschweren Böen – nicht wirklich etwas anhaben kann, sehe ich ein, dass es unterdessen bestimmt mächtig ungemütlich ist, wenn man bei dem Wetter nur in kurzen Hosen und Sandalen auf Wanderschaft ist. Als dann noch die ersten Blitze aus den dunklen Wolken schießen und direkt in der Region einschlagen, in der meine Geo Nerds unterwegs sind, bemerke ich, wie sich meine Stirn in leichte Sorgenfalten zieht.

Nach fünf bis sechs Stunden Wartezeit tröpfelt zu meiner Erleichterung die erste Gruppe einigermaßen fertig, nass bis auf die Knochen und durchgefroren in den Bus. Ein Eimer Wasser wäre trockener gewesen als Frau Doktor, aber immerhin hat sie es mit ihrer Gruppe geschafft, nicht vom Blitz getroffen zu werden.

Von der zweiten Kompanie ist weit und breit noch nichts zu sehen. Zunächst denke ich mir da nichts Besonderes dabei, bin im festen Glauben, die anderen Kursteilnehmer würden gleich hinterfolgen ... Aber so ist das mit dem Glauben: Nix ist daran wirklich sicher.

Die Frau Doktor wird zusehend nervöser. Auch nach einer halben Stunde ist noch keiner der zweiten Gruppe zu sehen. Jeglicher Versuch, per Handy Kontakt zu jemandem aufzunehmen, scheitert. Das Gesicht der Dame wird blasser und blasser. Fühlt sie sich doch für die Truppe verantwortlich. Ich versuche, sie moralisch aufzubauen, obwohl ich in Sachen Aufsichtspflicht nicht in ihrer Haut stecken möchte.

Es wird später und später, im Quartier wird auch nicht ewig gewartet. Die Zeit drängt und alle werden nervöser. Auch mein Scherz, dass ich bislang noch auf keiner Tour mehr als 10 Prozent Verluste zu beklagen hatte, trägt eher dazu bei, Frau Doktor noch hysterischer dreinblicken zu lassen.

Ich habe nun ungefähr die Hälfte der Studenten im

Bus. Deshalb schlage ich vor, mit dem ersten Teil der durchnässten Meute zum Quartier zu fahren, bevor da am späten Abend keiner mehr anzutreffen ist. Die Frau Doktor und einen der Studenten lasse ich mit wasserdichter Regenjacke, ausreichend Getränken und Butterkeksen bewaffnet zurück.

Nach knappen zwei Stunden habe ich das Hochplateau wieder erreicht. Die erste Hälfte der zweiten Gruppe ist wieder da. Die zweite Gruppe hat sich unterwegs offenbar wegen des Blizzards nochmal geteilt. Und dank des Wettereinbruchs ist die neu gebildete Gruppe Drei wohl falsch abgebogen, wie wir erfahren.

Ich versuche immer wieder, Frau Doktor Zuversicht zuzusprechen, weshalb mein kühler Kopf und meine beruhigenden Worte für den Rest der Reise fast mit einem Orden belohnt werden. Und endlich kehren auch die Letzten zwar spät, aber Gott sei Dank unversehrt zurück.

Fünf bis sechs Leute – die Gruppe Drei – haben, wie sich nun herausstellt, eine Schutzhütte aufgesucht. Natürlich, wenn man Sandalen hat, ist das vom Grundsatz her in Ordnung. Doch was die Lieben dabei wohl nicht bedacht haben, ist, dass sie kurz davor waren, eine Hubschrauber-Rettungsaktion damit auszulösen.

In der Holzhütte angekommen gibt es zum Dank zumindest Spaghetti Bolognese. Damit kann man mich immer glücklich machen. Man wollte mich noch zu einer Pokerpartie überreden, aber danach war mir nach diesem Tag dann doch nicht.

Fazit: Wie schnell ist nix passiert.

- 11 -

Norwegen – Es geht weiter

Sie glauben, die Norwegen-Reise hätte ihren Höhepunkt bereits erreicht? Denkste.

Nachdem wir in Oslo einen weiteren Tag Sightseeing eingelegt und auch ich den studentenfreien Tag und die klare Luft des Nordens der siebenhunderttausend Einwohner zählenden Metropole genossen habe, starten wir am darauffolgenden Tag recht ruhig und sogar fast pünktlich zum vereinbarten Zeitpunkt unsere nächste Etappe, die uns weiter nach Norden führt. (Fast pünktlich bedeutet: 45 Minuten später als geplant.)

Nachdem dann auch die letzte Schlafmütze von zwei Kommilitonen sanft aus ihrem Schlafgemach getreten wird, sind wir endgültig startklar. Alle Gepäckstücke verladen, Klappen dicht und ab dafür nach Lillehammer.

Lillehammer kennt man spätestens seit den XVII. Olympischen Winterspielen seinerzeit, anno Neunzehnhundertdingens ... Ja, Mitte Neunziger muss das wohl gewesen sein, oder? Das weiß ich wohl deshalb so genau, weil ich mich seinerzeit lieber mit Eis essen statt Eislaufen beschäftigt habe und Schneebällchen eher als Kartoffelknödel bevorzuge, anstatt mit ihnen zu werfen. Kurzum – ich bin ein Sonnenkind und genieße den Sommer. Ja, der Herbst hat sicher auch seinen Reiz, weil bunt, aber ... ähm, ja, ich schweife ab.

Alles läuft nach Plan, nachdem Frau Doktor ihre Schäfchen zum fünften Mal gezählt hat. Wir tuckern also los und es läuft gemütlich über die Landstraße. Das Wetter passt. Es ist noch relativ warm und die Sonne tut ihr bestes, um die Landschaftsbilder ins passende Licht zu rücken. *Herrlich.*

Sagte ich schon, dass Sie da unbedingt mal hinmüssen?

Schüchtern nimmt die erste Studentin alsbald unaufgefordert auf dem Reiseleitersitz neben mir Platz, schnappt sich zitternd das Bordmikrofon und stammelt ihr Referat fast so unsicher wie Frau Doktor schon mehrmals zuvor, gespickt mit geologisch wertvollen

Fakten und Eigenheiten, nebst Zahlen und Höhenangaben durch die Lautsprecher im Bus. Sie trägt sogar eine Zahnspange, wie mir auffällt. Nicht, weil die Kleine vielleicht ansehnlich ist, nein, vielmehr, weil die Sonne direkt ihre Gebissleiste durch die große Frontscheibe des Busses ähnlich in Szene setzt wie bei Patienten beim Zahnarzt, denen man so eine grelle medizinische Laterne über die Visage manövriert, damit der Zahnklempner gut bohren kann. Ja, Zahnspange hin oder her, alles verläuft aus meiner Sicht fluffig und wir kommen gut voran.

Es dauert auch nicht mehr so lange, bis wir unseren ersten Stopp einlegen, weil irgendwo in der Landschaft seit Jahrhunderttausenden wohl ein besonders schöner Stein darauf wartet, von meinen angehenden Geologen in Augenschein genommen zu werden.

Ich stelle den Bus ab und als wissbegieriger Mensch watschle ich hinterher. Kurz darauf bin ich dann auch mächtig beeindruckt, was man so alles über diesen Findling weiß. *Mächtig alt, der Kiesel,* denke ich mir – und ja, als Schlüsselanhänger dezent zu groß. Aber frische Luft schadet nicht, also beschließe ich, einige dieser Fremdwörter, die da fallen, zu notieren. Irgendwann mal, wenn die Stunden der Wartezeit einmal wieder zu lange werden, lasse ich mir von Google erklären, was die Herrschaften hierzu so gemeint haben.

Nach einer halben Stunde macht die Truppe noch immer keine Anstalten, wieder zum Bus zurück zu pilgern. Da mir die Ausführungen über Steine langsam zu sehr ins Detail gehen, latsche ich eben alleine zurück. *Interessante Materie,* denke ich mir und habe erneut Informationen geladen, die mich nicht dümmer gemacht haben.

Eine weitere Stunde später erkenne ich Gitarre zupfend, wie die Bande im Gänsemarsch zum Fahrzeug zurück trabt.

Alle nehmen wieder ihren Platz ein und Frau Doktor zählt erneut unsicher zwei Mal, ob auch wirklich alle da sind. Ich starte unser Vehikel und es geht weiter nach Norden.

Kurze Zeit später halten wir erneut, dieses Mal, um Bodenproben zu ziehen, wie mir gesagt wird. Alles klar, dafür ist also all das Werkzeug, das da so im Kofferraum steht. Mit einer Art überdimensionalem Handbohrer bewaffnet stapfen sie erneut hinaus ins Gemüse und ich entschließe mich, lieber bei meiner Gitarre zu bleiben und mich vom landschaftlichen Idyll zu neuen Liedtexten inspirieren zu lassen.

Ja, die Tage müssen ja auch irgendwie totgeschlagen werden. Wenn ich nicht permanent am Fahren bin, warte ich. Und warte. Und warte. Und warte ... Ich vertreibe mir aber gerne die Zeit mit kreativen Dingen, da Nase bohren auf Dauer keinen geistreichen Aspekt enthält und zudem im Normalfall wenig ergiebig ist. Ich schreibe. Unter anderem notiere ich auch gerne Stichworte und Zeilen, die ich dann und wann zu Kapiteln ausarbeite, wenn es mal wieder etwas Spannendes, so wie eben hier die Steinformationen, zu beschreiben gibt. Löcher in die Luft starren war noch nie so mein Ding.

Carpe Diem, wie der alte römische Dichter Horaz schon in seiner Ode an Leukonoë meinte. Da stimme ich zu und spitze meinen Griffel, um neue Texte für künftige Songs zu schreiben. Ja, ich mache nebenbei Musik. Leider nicht ganz so oft, wie ich es gerne würde, aber wenn ich nicht gerade mit Steinmenschen unterwegs bin, um fremde Länder zu erkunden, rocke ich gerne mal das ein oder andere Stadtfest als Frontmann einer Coverband. Da dies, wie mir schon in frühester Jugend von meinem alten Herrn eingetrichtert wurde, eine brotlose Kunst ist, habe ich mich nach dem mittleren Bildungsweg zu einer Lehre als Industriemechaniker hinreißen lassen. Was mich zugegeben auch nicht wirklich stimulierte, mir aber immerhin die Welt des Eisens und Stahls recht viel näher brachte. Am Ende *zu* nah, mir ist diese Materie einfach zu kalt. Das schmälert jedoch keineswegs meinen Respekt vor Menschen, die in der Stahlindustrie arbeiten.

Ich schweife einmal mehr ab. Jedenfalls sitze ich also ein paar Umwege in meinem Leben später in der norwegischen Landschaft und schwelge geistreich in melodischen Schöpfungen künftiger Welthits. Nur, falls es jemals jemanden interessieren sollte, was ich da so fabriziere.

Zurück zur Natur Norwegens. Ich muss mal. Ich suche mir einen nahegelegenen Strauch und während ich so gemütlich die Landschaft gieße, höre ich auch schon von Weitem die Stimmen meiner Herde. Jetzt aber schnell Hände desinfizieren.

Den Bohrer wieder im Gepäckfach einsortiert, den letzten studentischen Hintern wieder auf seinem Sitz geparkt, geht es auch schon fast wieder weiter. Zumindest, nachdem Frau Doktor ihre Studenten erneut zwei Mal – Was? Richtig! Erneut zwei Mal gezählt hat. Sie ist wohl noch traumatisiert von dem Erlebnis auf der

Hochebene.

Ich seufze fast lautlos, löse die Bremse und fahre los. Mittlerweile ist es später Nachmittag und wir sind auch schon kurz vor Lillehammer. Ich konzentriere mich auf die Straße und sinniere vor mich hin. Es ist still im Bus, die Studies sind entweder fleißig am lernen oder sie schlafen, ich tippe auf Letzteres. Das ein oder andere Mal setze ich den Blinker, dessen Geräusch und der Rhythmus sogleich von einem Intervall Schnarcher unterlegt werden, der aus der dritten oder vierten Reihe stammen könnte. Innerlich singe ich dazu eine alte Nummer der Beastie Boys ... Und die Line: »You gotta fight for your right to party ...« Nur noch wenige Minuten bis zu unserem Etappenziel Lillehammer.

Plötzlich ein hysterischer Schrei, der von weit hinten nach vorne hallt.

Ich erschrecke förmlich und schaue im Rückspiegel, ob da gerade jemand im Bus gemeuchelt wird. Zur Hysterie gesellt sich ein kurzschrittiges Gestapfe des Langschläfers von heute Morgen. Jesses, wie ein Kerl, der sicher 1,90m misst und eine Figur wie ein Turmspringer hat, solch einen hohen Schrei von sich geben kann, ist mir unbegreiflich ...

Er stapft also zu mir nach vorne und haut mich an:

»Herr Busfahrer, wir müssen sofort umdrehen, ich habe meinen Geldbeutel mit meinen Papieren in der Jugendherberge in Oslo vergessen.«

Frau Doktor bemerkt, dass ich anfange zu glühen. Sie versucht im Ansatz, zu beschwichtigen.

Mir fällt die Kinnlade. »Ach ja?«, frage ich. Vor meinem geistigen Auge sehe ich Bilder, wie ich mit dem Nothammer auf seinen Koffer einschlage, ihn am Kragen packe und gleich mehrere Minuten lang rüttele. »*Müssen* wir das?«

Frau Doktors Beschwichtigungsversuche greifen wenig überraschend so gar nicht.

Woraufhin der Student einen aus meiner Sicht groben Fehler macht. Er blafft mich an, statt lieber mal kleinlaut und höflich anzuklopfen, ob das überhaupt möglich ist. »Ja, sofort!«, meint er.

Ich stoppe sogleich an einer Haltebucht und stelle erst einmal verwundert und mächtig genervt den Motor ab, da wir uns ja in einem Land befinden, das höchste Ansprüche an den Umweltschutz hat.

Frau Doktor wird kleinlaut und hofft gar auf ein Missverständnis. Versucht, ihren Studenten in die Schranken zu weisen. »Würden Sie bitte nicht so mit unserem Fahrer sprechen?«, fragt sie scharfzüngig.

Ich beiße daraufhin fast ins Lenkrad. Die Dame ist offensichtlich so gar nicht konfliktfähig.

Und ihn juckt diese lari fari Ansage herzlich wenig. Er blafft mich weiter an: »Sie müssen sofort umdrehen. Und wenn Sie nicht gleich mal Gas geben, dann ...«

Ganz schön selbstsicher und mächtig große Schnauze, dieser Hosenwackler. Seine Jeans hängt fast in den Kniekehlen, er kommt morgens zu spät und verhält sich generell einigermaßen auffällig, aber Hauptsache große Klappe.

Ich fahre eigentlich niemals aus der Haut, zumindest äußerlich, aber was dieser überhebliche Prolet hier gerade vom Stapel lässt, ist unter aller Kanone. Er redet sich in Rage, als er sieht, wie wenig beeindruckt ich von seinem Gehabe bin. Dann versucht er, mir und offenbar der Welt zu erklären, wer denn sein Vater ist und wie einflussreich und wichtig und wofür der wiederum so alles sorgen würde, wenn ich nicht bald das täte, was er mir gerade aufzutragen versucht.

Das war dann der Augenblick, ja, die Zeit war nun wahrhaftig gekommen, mich mal eben kurz vom Fahrersitz zu erheben und so tief einzuatmen, dass die zierliche Frau Doktor offenbar die Angst befällt, mit eingesaugt zu werden. Sie wird ganz blass im Gesicht.

Falls sich der geneigte Leser an dieser Stelle kurz Gedanken um meine Gesundheit machen sollte, so sei ihm versichert, auch ich bin 1,90m groß, der Umfang meiner Oberarme ist um einiges größer als der seiner Tentakeln, die da aus dem T-Shirt hängen.

Als er meinen Rat geflissentlich überhört, er möge weitere Aussagen seinerseits vielleicht doch besser zunächst überdenken, bevor er weiterhin krokodilsgleich seine Klappe öffnet, und so gar nicht zugänglich für meinen Hinweis ist, übertönt er mich ein weiteres Mal mit einem hundegebellähnlichem: »Sofort« und »Worauf wartest du ...«

Frau Doktor versinkt im Sitz und wünscht sich mit Sicherheit spontan ein tragbares Loch herbei, worin sie verschwinden kann.

Ich sage nur: »Okay, ganz, wie du meinst«, setze mich seelenruhig ans Steuer, gebe neue Koordinaten in mein Navi ein und starte den Motor.

Hirsel meint sofort: »Geht doch.«

»Alles klar, dann fahren wir mal«, sage ich zur Frau Doktor, die keine Worte mehr findet und offenbar an Schnappatmung leidet, als sie mir klarzumachen versucht, wie abgrundtief daneben sie das gerade von ihrem Studenten fand und dass dieses Theater definitiv auch noch ein Nachspiel für ihn haben wird. Sie schämt sich fremd für ihn und entschuldigt sich in den folgenden Minuten in Dauerschleife.

Wenig später bringe ich erneut den Bus zum Stehen – und zwar unmittelbar vor dem Hinweisschild, auf dem »Togstasjon« zu lesen steht. Zu deutsch: Bahnhof.

Ich öffne sogleich die Bustüren, schaue nach hinten, mache eine ausladende Geste und jeder weiß, dass an dieser Stelle Endstation für einen meiner Fahrgäste ist.

Frau Doktor ist fassungslos. Ich bin nicht sicher, ob sie in dem Augenblick hofft, dass ich den Rüpel lediglich für die Fahrt zurück nach Oslo hier absetze, oder ob sie ernsthaft davon ausgeht, dass ich ihn auf der Tour weiterhin mitfahren lasse.

Nun, ich muss zugeben, mir ist natürlich echt danach, dem Guten einen Denkzettel zu verpassen, der sich gewaschen hat und natürlich hab ich auch keinen Skrupel, ihn komplett aus der Tour zu streichen. Eines ist zumindest allen klar: Das, was der Typ vom Acker gelassen hat, geht ja mal so gar nicht. Und ich denke natürlich auch zu keinem Zeitpunkt daran, ihn wahrhaftig zurück nach Oslo zu fahren, was nun mal eben nicht einfach um die Ecke liegt.

Ich steige aus, öffne einfach mal die Seitenklappe und warte, bis Vollpfosten seinen Koffer aus dem Kofferraum zieht. In all meinen Jahren als Busfahrer und Reiseleiter habe ich so manchen Hitzkopf bändigen müssen, aber der Knallkopf sprengt gerade jeden Rahmen.

Endlich verlässt er den Bus, schaut mich missbilligend an und fragt noch, ob ich das erst meine. Er erkennt wohl meine Entschlossenheit, zieht seinen Koffer raus und latscht von dannen. Nicht, ohne mir noch beim Weggehen seinen Mittelfinger zu zeigen.

Ich schließe die Klappe, springe auf den Sitz und schließe die Türen.

Frau Doktor betet erneut ihr Entschuldigungsmantra.

Ich versichere ihr, dass ich kein Problem habe, mich lediglich über so viel Dummheit wundere und nun alles gut ist.

Wenige Minuten später kommen wir an der Jugendherberge in Lillehammer an und alle sind mächtig betreten.

Eine Studentin kommt auf mich und Frau Doktor zu und erzählt von ihrer Theorie, weshalb dem Guten wohl die Sicherung durchgebrannt ist. Sie meint, er hätte kurz vor seinem Aufschrei einen Anruf mit der ganz schlimmen Nachricht bekommen, dass sein einflussreicher Vater wohl soeben verstorben ist.

Jetzt stand ich gemeinsam mit Frau Doktor komplett betreten da. Deshalb hat er also so mächtig die Nerven verloren. Schweigende Stille. Jetzt tat mir der Kerl dann doch leid.

Ich habe keine Ahnung, was Menschen zu ihren Äußerungen und so manchen Taten treibt. Jeder hat natürlich auch mal das Recht auf einen schlechten Tag und somit kann ich das natürlich auch entschuldigen. Dem Guten sind einfach die Sicherungen durchgebrannt.

Tags darauf erfahre ich, dass er seinen Geldbeutel tatsächlich wiedergefunden hat und dass er von Oslo aus zurück nach Deutschland fliegt.

Auch wenn in den nachfolgenden Tagen die Stimmung an Bord wieder gelöster und entspannter ist, hat die Studies dieses Erlebnis doch auch mitgenommen.

Doch als wir uns alle gemeinsam das Olympiagelände und die Skiflugschanze anschauen, ist der Trübsinn verflogen.

The Show must bekanntlich go on.

Norwegen
Wasserspiele zwischendurch

Die Tage darauf sind von vielen Stopps in landschaftlich reizvollen Gefilden geprägt und ich fange an, mich in dieses Land und in die Tiefenentspanntheit zu verlieben, die die Menschen hier an den Tag legen. Kein Gedränge, keine Ungeduld. Wenig bis kein Verkehr auf den Straßen. Wo ich hinsehe, sind die Menschen irgendwie um einiges gelöster, ja, sie wirken glücklicher. Davon sollten wir uns in Deutschland definitiv eine große Scheibe abschneiden. Wenn ich mal groß bin, möchte ich unbedingt nach Norwegen ziehen.

Oh, Mist nochmal, ich bin ja schon groß.

Nachdem wir die märchenhafte Landkarte nun kreuz und quer durchfahren haben und ich mittlerweile dem

Referat Nummer 22 lausche, in dem eine weitere Studentin interessante Informationen über die Stadt Bergen erklärt, nähern wir uns nun so langsam der nächsten Jugendherberge in Bergen. Diese Stadt wird in allen Reiseführern als wunderschöne kleine Hafenstadt gelobt, die allerdings zum Leidwesen aller Sonnenkinder statistisch gesehen die regenreichste Stadt Europas ist. Dort regnet es quasi an 397 von 365 möglichen Tagen im Jahr.

Wir nähern uns dem Stadtgebiet und – ha, es regnet *nicht*. Tadaaa. Naja, wenn Engel reisen, nicht wahr ...?

Wir entladen den Bus, den ich für die nächsten zwei Tage ca. 10 Minuten entfernt abstelle. Ich schnappe meinen Kram, will zur Herberge dackeln und der Himmel öffnet just in dem Moment die Schleusen, in dem ich gerade alle Schlösser und Bustüren rund ums Fahrzeug verriegelt habe. Der Regen ist so krass intensiv, dass ich glaube, ich stehe unter einer Dusche. Binnen weniger Sekunden bin ich nass bis auf die Knochen und da es nun ohnehin wurscht ist, versuche ich mich auch gar nicht zu beeilen, um einen passenden Unterstand zu finden.

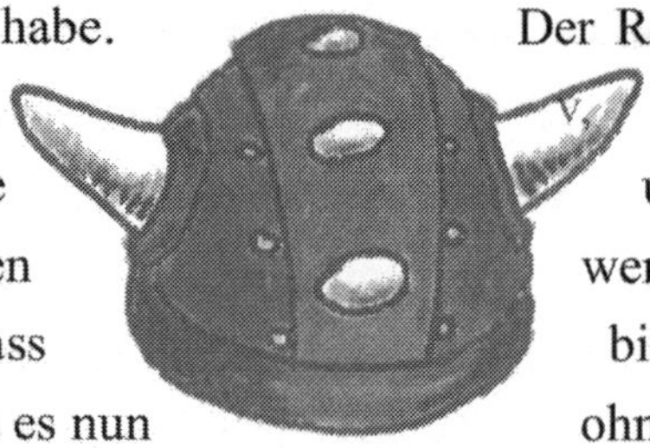

Natürlich bin ich schon öfter mal nass geworden, aber der Regen in Bergen ist um einiges nasser als woanders. Ich schwöre. Gott sei Dank habe auch ich eben meinen Koffer zuerst aufs Zimmer gebracht, sonst wäre spätestens jetzt auch alles andere klatschnass.

Was unternimmt man bloß in einer Stadt, in der es die ganze Zeit regnet? Ganz einfach: Man kauft sich wie alle anderen hier die neueste modische Regenkleidung, hängt sie sich über und lässt sich die schöne Stadt ganz sicher nicht durch den Regen vermiesen. Dennoch bin ich immer wieder erstaunt, wie heftig es hier runtermacht. Sowas erlebt man bei uns vielleicht mal für ein oder zwei Minuten, aber hier gießt es aus allen Rohren, was das Zeug hält. Schätze, wenn Petrus eine Stadt auf der Landkarte vergessen hat, dann Bergen.

Zwei Tage später, morgens um 8 Uhr will ich zurück zum Bus und stelle fest: Es schüttet immer noch aus Eimern. Und es hat wohl auch in der Nacht durchgegossen, wie mir in der Herberge erzählt wurde. *Abgefahren.* Ich ordere mir ein Taxi, weil ich nicht den ganzen Tag in nassen Klamotten verbringen möchte.

Der Parkplatz, auf dem ich den Bus abgestellt habe,

hat sich über die beiden Tage hinweg in einen kleinen See verwandelt. Das Wasser steht bis knapp zum Rand der Felge – und da ich nun mal nicht Jesus heiße und wie er seinerzeit übers Wasser gehen kann, beschließe ich noch im Taxi, meine Schuhe und Stümpfe auszuziehen und barfuß zum Bus zu waten.

Ich verstaue mein Gepäck, drehe den Zündschlüssel und es passiert genau ... nichts. Bis auf ein kurzes Knacken und dem hektischen Aufleuchten diverser Lampen und Anzeigen auf dem Armaturenbrett bewegt sich nichts. *Na wunderbar.* Ist mein Bus in den letzten beiden Tagen ebenfalls sprichwörtlich abgesoffen? Gott sei Dank bin ich ausgeschlafen und zunächst noch gar nicht mal so genervt.

Ich versuche es noch ein paar Mal und streichle sogar sanft übers Lenkrad, als ob dies dazu beitragen würde, dem Bus mehr als bloß ein kurzes verwirrtes Aufleuchten zu entlocken, das ich in der Form in all den Jahren auch noch nicht erlebt habe. Also greife ich zum Telefon und wähle die Nummer unseres Mechanikers in Deutschland.

Ich schildere ihm kurz die Situation und er kommt spontan zur Ferndiagnose »Kriechstrom«.

Au weia.

Zu hohe Feuchtigkeit. Und falls ich heute noch weiterfahren möchte, muss ich außen am Bus an den Sicherungskasten und da versuchen, eine Sicherung und ein Relais nach dem anderen einigermaßen trocken zu legen, bevor ich es wieder einstecke ...

Ähm, ja. Wie soll das denn Bitteschön bei dieser Sintflut möglich sein? Ich stehe förmlich unter Wasser und soll dabei auch noch versuchen, kleine und kleinste Bauteile trockenzu- ... Was? ... -pusten? Auch im Bus habe ich mittlerweile das Gefühl, das sich die Feuchtigkeit so langsam der 100 Prozent-Marke nähert. Es ist einfach der Wahnsinn.

Da mir aber auch nichts Besseres einfällt, weil ich von elektronischen Bauteilen nur über gefährliches Halbwissen verfüge, folge ich dem Ratschlag des Mechanikers und beginne damit, eine Sicherung und ein Relais nach dem anderen auszustecken, um es in den Innenraum des Fahrzeugs zu tragen. Es kippt vom Himmel, was die Wolken hergeben. Ich habe das Gefühl, als würde sich unterdessen meine Haut schon von den Knochen lösen, so nass bin ich. Aber es hilft nichts.

Neun Uhr sollte Abfahrt sein und mir ist klar, dass es – wenn es überhaupt eine Lösung gibt – zumindest noch eine Weile dauern wird. Ich rufe also die Frau Doktor an und schildere unser Dilemma. Was bleibt ihr auch anderes übrig, als mir viel Glück zu wünschen und zu hoffen, dass mein Vorhaben gelingt? Kurzum, sie hat Verständnis.

Falls Sie sich gerade wundern – ich kann Ihnen versichern, dass dies keineswegs selbstverständlich ist. Hab ich doch tatsächlich schon Leute erlebt, die sich bei einer Panne ernsthaft echauffieren ... Aber dazu vielleicht in einem anderen Kapitel einmal mehr dazu.

Ich rette also weiterhin die Bauteile vorm Ertrinken und poliere mit den letzten verbliebenen Tüchern im Bus die Dinger trocken. Mit einem Schirm in der einen Hand, den Sicherungen und Relais in der andern trete ich erneut hinaus in den Wasserfall. Es ist mir schon fast klar: Dieses Unterfangen kann bei gefühlten 240 Prozent Luftfeuchtigkeit nur zum Scheitern verurteilt sein ... Aber *Versuch macht bekanntlich kluch*, also tue ich, wie mir geheißen wurde.

Alles wieder drin, Klappe bloß schnell dicht und wieder rein in den Bus ... Zündschlüssel ins Zündschloss und ... brummm ...

Hahaaa! Es hat wahrhaftig geklappt! Brücke an Maschinenraum: Volle Kraft voraus.

Um eine neue Erfahrung reicher drehe ich erst einmal die Heizung auf volle Pulle, um wenigstens den Innenraum ein wenig trocken zu pusten. Ich fahre also mit einer knappen halben Stunde Verspätung vor der Jugendherberge vor. Warnblinker an und das Beladen kann beginnen. Wir sind nun klatschnass und einige ziehen sich sogar bis auf die Unterwäsche aus, um nicht in den nassen Klamotten sitzen zu müssen. Lüftung auf und raus aus Bergen.

Diese Wasserspiele werde ich wohl auch nicht mehr vergessen.

Norwegen – Am Ende

Von Bergen über Voss, vorbei am Nationalpark und Naturschutzgebiet Hardangervidda peilen wir den Stavanger Fjord an. Es regnet nicht mehr. Ab und an zuckt noch eine Lampe in meinem Armaturenbrett kurz auf, aber der Bus läuft und schnurrt wie eine Eins.

Wir fahren bei schönstem Wetter am Rande des Fjords entlang und ich philosophiere übers Leben. Wenn es jeden Tag so entspannt wäre, würde ich den Job sogar zum Traumjob befördern.

Und nachdem wir nun unsere vorletzte Jugendherberge auf der Exkursion ansteuern, versuche ich, diese herrliche Landschaft einmal mehr auf meiner Netzhaut einzubrennen. Auf der Tour komme ich natürlich auch mit dem ein- oder anderen ins Gespräch und ich glaube, ich muss nun langsam mein Bild vom ein- oder anderen Fahrgast revidieren, meine Studies sind doch ganz nett und wir haben uns schon richtig angefreundet. Andersherum habe ich ihnen wahrscheinlich auch ein anderes Bild als das der Klischees vermittelt, die wohl der ein- oder andere (zugegebenermaßen sogar oft berechtigterweise) von Busfahrern hatte. Naja, alles in allem und bis auf den Blizzard, einen Querkopf und der Bergener Unterwassererfahrung sind wir uns inklusive unserer Frau Doktor nun alle einig: Es war bis hierher eine echt klasse Tour. Tolle Herbergen, toller Abend bei Grillfeuer, ich zupfe zur Feier des Tages noch ein Liedchen auf meiner Klampfe und für mich heißt es nach dem Essen einmal mehr: Gute Nacht. Morgen ist ein neuer Tag und der führt uns nach Kristiansand.

Echt sehenswerte und bunte Holzhäuser erwarten uns und auch hier scheint einmal mehr die Sonne.

Zwei Referate über Stabkirchen später (die wir unter anderem auch auf unserer Tour quer durch Norwegen besucht haben und deren guter Erhaltungszustand mich verblüffte) halte ich auf der spätsommerlichen Landstraße Kurs zurück in Richtung Oslo. Südnorwegen haben wir ziemlich durchgekämmt und alles an

Sehenswürdigkeiten mitgenommen, was es nur zu sehen gab. Vom längsten und buntesten Straßentunnel Norwegens mit einer Länge von über 24 Kilometern bis hin zur Besichtigung eines Wasserkraftwerks, Gletscherzungen, an die wir dicht herangekommen sind, tolle Fjorde und Wasserfälle wie im Märchen. Mir wird klar – hier will und werde ich definitiv einmal wieder hin zurückkommen. Eines Tages. Aber wir sind ja noch hier und haben noch den ein- oder anderen Kilometer vor uns.

Die Etappe zwischen Kristiansund und Oslo ist die letzte. Zumindest die letzte vor der Heimreise mit der Fähre von Oslo zurück nach Kiel in deutschen Landen.

Es ist mal wieder perfektes Wetter, alles in allem muss man ja auch sagen, dass wir bis auf die Wasserspiele von Bergen einigermaßen trockenen Fußes durch die Lande gezogen sind.

Eine weitere Abfahrtkontrolle vorm Losfahren sagt mir, dass alle Reifen auch heute wieder vollzählig zum Dienst angetreten sind und auch sonst macht der Bus einen passablen Eindruck, wenn auch immer noch ab und an das Armaturenbrett wie eine bunte Weihnachtskette aufleuchtet. (Dies wird natürlich nach der Tour zurück in der heimischen Werkstatt sofort wieder auf

Normalzustand zurückgebracht.) Räder haben Luft, Scheiben sind geputzt und dankenswerterweise ist das Lenkrad auch noch immer an der Stelle, an der ich es am Abend zuvor zum letzten Mal gesehen habe.

So ein normaler Bustank fasst in der Regel und je nach Ausführung zwischen 350 und 500 Liter Diesel. Damit hab ich bei so manchen Bussen schon mal 1800 km Reichweite hingelegt. Mein 36-sitziger Norweger Fjorde-Flitzer schafft es aber auch beladen wie ein alter Lastesel noch knappe 1200 Kilometer. Ich war vor 4-5 Tagen zuletzt an einer Tankstelle und dies sollte auch noch genügen, bis wir wieder in bezahlbaren Spritpreisregionen sind.

Den Bus einmal mehr beladen geht es über eine schöne Straße ganz nah am Meer entlang. Wunderschön. Zeit für ein weiteres Resümee – und da ich gerne am Ende einer jeden Tour für mich überprüfe, ob es denn eine gute war, hake ich auch wieder einmal mehr eine innere Statistik ab, auf der man nach so vielen Jahren als Busfahrer und Reiseleiter durchaus zu fundierten Bewertungen über dieses Berufsbild Auskunft geben könnte. Wenn man denn wollte. Ich will nicht. Zumindest nicht an dieser Stelle. Also gedulden wir uns, vielleicht folgt das ein- oder andere ja noch.

Wo waren wir? Ach ja, ich befinde mich gerade auf einem Stück Landstraße wie im Bilderbuch, rechts von mir das, der oder die Skagerrak, ganz wie Sie möchten. Mir ist der Artikel jedenfalls egal und Sie dürfen sich von mir aus gerne einen aussuchen. Die meisten hier im Bus sind zumindest ohrenscheinlich für *das* Skagerrak ... ak ... akk ... akkkk. *Wump.*

Der Bus geht aus und ich rolle auf der Ebene auf den Gott sei Dank vorhanden Seitenstreifen.

Hüa, alter Zossen, was ist los? Genug Hafer – also Sprit – hat er noch, weshalb dann dieser unerwartete Stopp? An dieser Stelle möchte ich einmal mehr einen Spruch strapazieren, der mir über die Jahre hinweg schon fast sprichwörtlich auf die Nüsse geht: »Wenn einer eine Reise tut, so kann er was erleben.«

Leider ist das inhaltlich auch immer richtig, aber ich kann es einfach nicht mehr hören. Wie so manchen Klassiker: »Ein Busfahrer und ein Pfarrer kommen in den Himmel. Petrus lässt den Busfahrer eintreten, der Pfarrer muss draußen warten. ´Wieso wird der Fahrer bevorzugt?´, fragt der Pfarrer. Petrus erklärt: ´Bei deinen Predigten haben die Leute geschlafen, aber bei seinen Fahrten haben alle im Bus gebetet.´«

Ähm, ja. Superneu und nicht öfter als 1200 Mal gehört. Ich hab jetzt gerade andere Sorgen.

Also ich stehe hier bei Sonnenschein und Zucke erstmal planlos mit meinen Schultern. Ich versuche, unsere Großraumdroschke per Zünden immer wieder zurück an die Arbeit zu locken, aber es hilft nix. Außer einem leichten Blubbern im Tank, rechts in der zweiten Reihe hinter mir, tut sich so gar nichts.

»Gott sei Dank sind wir nicht mehr in Bergen«, vernehme ich eine Stimme hinter mir.

Und ich stimme zu. Nur – was kann das sein? Das hatte ich so auch noch nicht. Plötzlicher Streik des Motors ist mir in meiner Laufbahn noch nicht passiert.

Ich erkläre den Studenten die Lage, öffne die Türen und bitte sie, sich derweil nicht von vorbeirauschenden Autos überfahren zu lassen. Erkläre ihnen, dass ich mal per Telefon Rauchzeichen geben werde, um uns eine hoffentlich baldige Weiterfahrt zu gewährleisten.

Es tutet und nach wenigen Sekunden habe ich erneut unseren Mechaniker am Rohr. Ich bitte um eine weitere Ferndiagnose und als er mir etwas von Bakterien im Tank erzählt, muss ich erst mal kurz lachen. Ich hab ja schließlich keine ranzige Milch da drin. Woher sollen die Bakterien denn bitteschön auftauchen und warum in aller Welt erklärt er mir solch eine lange Story, während ich irgendwo in Norwegen auf der Landstraße parke? Fernab jeglicher Zivilisation und nicht mal eben nebenbei in der heimischen Werkstatt. Da – und wenn überhaupt *nur* da – gehört eine solche Geschichte hin. Und dann auch nur, wenn sie mit »Neulich kam ein Kollege mit folgendem Problem zu mir ...« beginnt. Aber nein, ich Vollidiot parke mal eben kurz vorm Polarkreis. Danke.

Was ich dann höre, lässt mir meine Kinnlade auf die Knie fallen, denn jetzt bedeutet es: Selber Hand anlegen. *Na toll, das auch noch.* Aber gut, wenn ich hier nicht auf der Landstraße campieren und Wurzeln schlagen möchte, muss ich wohl ans Werk.

Ich erkläre den Studies kurz, was hier vermutet wird und was ich gedenke, dagegen zu unternehmen. Ich öffne eine weitere Klappe am Bus, die randvoll mit Werkzeugen und Ersatzteilen aller Art ist, von Keilriemen und Öl und Wasserkanister mal ganz abgesehen. Lautstark ziehe ich die klassische Metall-Werkzeugkiste für Fortgeschrittene heraus und hoffe, mein Mechaniker am anderen Ende der Leitung lässt mich unterdessen nicht hängen und erklärt mir einmal mehr aus der Ferne, welche Handgriffe nötig sind, um unserem Tuk-Tuk wieder Leben einzuhauchen.

Ich lege mich in zweiter Reihe bäuchlings auf den Boden und bastle gefühlt den halben Bus auseinander. Man kommt also durchaus auch von innen, also quasi von oben an den Tank. *Juhu.* Ich schraube also fröhlich drauf los und während ich langsam an Zuversicht gewinne, weil die Wiederbelebung bislang offenbar nach Plan verläuft, streikt derweil mein Handyakku.

Die Studenten vernehmen vor dem Bus ein lautes »Scheißdreck«. Mit tiefschwarzen Händen eile ich nach vorne und schließe mein Handy am Strom an. Eine gefühlte halbe Stunde später möchte auch mein Handy wieder seinen Dienst aufnehmen und ich tute erneut Mr. Mechanix an. Erkläre ihm kurz, was mir gerade passiert ist, und stelle das Handy nun auf Lautsprecher um, denn es muss ja weiter laden, während ich etwas weiter hinten am offenen Herzen operiere.

Ich bitte die Studenten mit einem energischen Ton: »Könnt ihr mal eben für zehn Minuten die Klappe halten und woanders in der Landschaft spielen als hier direkt beim Bus?«

Die Truppe verzieht sich und ich kann mich wieder dem Gespräch im Schrei- und Kreischmodus quer durch den Bus widmen. Ich krakeele mir die Stimmbänder heiß, aber als ich den Schlamm sehe, den ich am Steigrohr des Busses aus dem Tank ziehe, weiß ich, wie Bakterien im Tank aussehen ...

Ich solle das Sieb, das da aufgesteckt ist, gründlich reinigen, um somit die Spritversorgung zu gewährleisten. Gesagt, getan ... und eine weitere halbe Bastelstunde später ist alles wieder fein an dem Ort, an den die Teile hingehören. So hoffe ich zumindest. Die Götter der Schraubkunst meinen es gut mit mir und ich packe den ganzen Krempel wieder zusammen. Ich sehe mittlerweile aus wie ein Bergmann, der gerade bei Schichtende aus der Grube ausfährt. Pechschwarz. Glück auf.

Vierzig Feuchttücher später bin ich so einigermaßen wieder hergerichtet und trommle die Truppe zusammen. Kinder, Miraculi. Sie finden diesen unerwarteten Stopp dann auch noch echt lustig.

Ich drehe den Schlüssel im Zündschloss im Uhrzeigersinn.

Nix.

Ich funke erneut meinen lieben Ferndiagnostiker an, dem ich nun auch schon merklich auf die *Cojones* gehe.

Er meint: »Ach ja, entlüfteten, zu viel Luft im Rohr

– und das bedeutet – Motorklappe auf und an einem Entlüfter fleißig entlüften.«

Von Hand pumpender Dings. Joa, auch da gebe ich wieder alles und pumpe, wie noch nie zuvor jemand gepumpt hat. Man könnte fast sagen, die Pumpe und ich werden in diesem Moment eins.

Irgendwann, kurz bevor mir der Arm abfällt, denke ich, ich könnte es jetzt nochmal probieren ... ansonsten, empfiehlt mir mein Busklempner am Handy, sollten wir es zudem auch noch mit Anschieben des Busses versuchen. Okay ... ich habe tatsächlich ein paar kräftige Jungs an Bord, aber ob die nun genug Schmackes in ihren studentischen Oberarmen aufweisen, das ist dann doch kurz die nächste große Frage.

Ich stapfe zurück in den Bus und verkündete die Frohe Botschaft, dass die Herren der Schöpfung bitte zum Anschieben hinterm Bus antreten sollen. Ungläubig und nach einer versteckten Kamera Ausschau haltend hallt ein wenig überzeugtes »Wirklich?« durch den Bus.

Ja, wirklich. Bitte einmal kurz Karre schieben.

Die Kerle steigen aus und die Mädels – samt Frau Doktor – bleiben im Bus sitzen ... machen keine Anstalten, auszusteigen.

Ich steige zurück in den Bus und erkläre kurz, dass es sicherlich von Vorteil wäre, wenn niemand mehr, okay, bis auf den Fahrer vielleicht, im Bus verbleiben sollte, während die Jungs schieben. Es schiebt sich halt schlicht besser, wenn nicht noch 20 Ladys im Bus sitzen und sich mit ihren Handys beschäftigen.

Ich höre förmlich zwanzig Zahnräder in den Köpfen der Damenwelt einrasten und wirklich alle laufen lächelnd und etwas blöd aus der Wäsche schauend aus dem Bus. Physik zum Anfassen.

Warum schießt mir der nächste blöde Witz in die Birne, den ich mindestens schon *drölfhundert* mal gehört habe? Keine Ahnung, aber hier: »Mengenlehre. Wenn neun Leute im Bus sitzen und 11 Leute aussteigen, wie viele müssen dann einsteigen, damit keiner mehr drin ist?«

Ich löse derweil die Feststellbremse. Die Jungs beginnen zu schieben und – wahrhaftig, er rollt! Der Bus rollt und ich schaue mir das Spektakel im Rückspiegel an, lege einen hohen Gang ein, und der Motor schnurrt wieder wie ein Kätzchen.

Nun bin ich aber wirklich am Ende meiner Erzählungen von Norwegen angekommen. Die letzten Kilometer der Exkursion haben wir dann auch störungsfrei hinter uns gebracht und mein Fazit lautet:

- Wunderschönes Land
- In Bergen ist der Regen deutlich nasser als woanders.
- Bei Schneesturm keine Sandalen tragen.
- Frau Doktor braucht dringend mehr Lebenserfahrung.
- Ein Bus schiebt sich leichter, wenn niemand drinsitzt.
- Bakterien im Tank sind doof und ...

... das Bier ist einfach zu teuer.

Der Stiefel von Italien

Auf der folgenden Reise steht ein Erholungsurlaub mit in Deutschland stationierten Amerikanern an. Ziel der Fahrt ist ein militärisch bewachter Campingplatz, eine Erholungsoase für Militärs, die sich für ein paar Tage eine kleine Pause zwischen ihren Auslandseinsätzen gönnen – und zwar im Stiefel von Italien. Dieser Campingplatz liegt in einem alten Vulkankrater, unweit der Stadt Pozzuoli bei Neapel.

Ich fahre nun schon seit vielen Jahren immer mal wieder mit US Militärs oder ihren Angehörigen quer durch Europa, zumeist zu Sportveranstaltungen wie etwa Baseball, Basketball und was auch immer der Breitensport noch so zu bieten hat.

Über die Jahre hinweg habe ich festgestellt, dass Amerikaner deutlich mehr Sitzfleisch haben als etwa deutsche Reisegruppen, die oft sogar schon jede Stunde nach einer Pinkelpause fragen. Manche tun dies auch gleich auf ihre speziell charmante Art kund und singen im Canon

Bus-fahrer, Bus-fahrer wis-sen muss,
gan-zer Bus – pis-sen muss.

Amerikanischen Reisegruppen ist das fremd. Solange sich eine Toilette im Bus befindet, brauchen die keine Pause. Natürlich sind Fahrer an Lenk- und Ruhezeiten gebunden, die der Gesetzgeber vorschreibt, aber die genügen dann auch völlig und keiner käme auch nur auf die Idee, nach einem Zwischenstopp für eine Pipipause zu fragen.

Mein Kollege und ich machen uns also auf die etwa 1500 Kilometer lange Tour und wechseln nur alle viereinhalb Stunden, wenn es mal wieder an der Zeit ist, den jeweils anderen ans Ruder zu lassen. Für eine solche Distanz benötigt man natürlich zwei Fahrer, wenn man unterwegs nicht noch irgendwo einen Hotelstopp zum Übernachten einlegen möchte. Alles in allem bleiben uns aber aufgrund unserer Richtlinien maximal zwanzig Stunden Zeit, um unsere Reisegruppe an ihren Zielort zu bringen und im Anschluss auch noch unser Quartier zu erreichen, ohne ans Limit unserer Lenkzeit zu gelangen.

Wir kommen gut durch. Nur wenige Baustellen und Verkehrsstockungen machen uns das Leben beim Blick auf die Uhr nicht zur Hölle. Der ganze Bus liegt komatös im Schnarchmodus, also machen wir in Südtirol doch mal eine halbe Stunde Rast, weil ja auch wir keine Roboter sind und vielleicht auch mal das Bedürfnis haben, uns für ein paar Minuten die Beine zu vertreten, während wir die Gruppe ihrem Tiefschlaf überlassen.

Irgendwie gibt es da aber doch ein paar Mädels an Bord, ganz weit hinten, die auch unbedingt mal aussteigen und eine Raststätte von innen sehen wollen. Eine von beiden hat wohl zudem eine längere Sitzung im großen Saal für sich erhofft. Beim Ausstieg fragt sie mich, wie lange die Pause denn wohl dauert.

»You´ve got five minutes.«

Sie schaut mich schockiert an und legt unmittelbar einen Sprint in Richtung Toiletten hin.

Ich rufe ihr noch über den Parkplatz hinterher, dass dies nicht ernst gemeint war und sie zwanzig Minuten Zeit hat, aber das bekommt die Gute so gar nicht mehr mit.

Ich zucke mit den Schultern. Es war ein kleiner Spaß in tiefer Nacht, den ich natürlich auch mit einem breiten ironischen Lächeln untermalt habe. (Dass sie dies nicht als einen solchen verstanden hat, sollte sich später in Form einer Beschwerde zeigen, die mir im Anschluss an die Tour noch zu Ohren kommen wird. Ich fürchte, die Dame sitzt bei ihren Geschäften halt gerne etwas länger und hat sicherlich seither Albträume, wenn sie auf Reisen geht und an Rasthöfen anhalten muss. Kleine allgemeine Info: Natürlich lassen wir niemals jemanden an Rasthöfen zurück. Auch wenn es mal länger dauert.)

Die Sprinterin kommt nur wenige Augenblicke später wieder zurück in den Bus und bald geht es weiter hinab in den Stiefel Italiens.

Es wird mit jedem gefahrenen Kilometer gen Süden heißer. Wir liefern nach neunzehn Stunden Fahrt unsere Amerikaner in ihrem Vulkan ab, um dann den Rest der Woche frei zu haben. Den Bus parken wir in der Nähe unseres Quartiers und latschen am frühen Morgen einigermaßen müde und mit unserem Gepäck bewaffnet zum Hotel, das nun für eine Woche unser Zuhause sein wird.

Ich habe genügend Bargeld mit dabei, nicht bloß für

zwei Personen, um Kost und Logis abzudecken, sondern auch für alle Eventualitäten, falls denn mal eine Kreditkarte nicht funktioniert oder im Fall der Fälle für eine unvorhergesehene Panne am Bus, wenn schnell eine Reparatur nötig wäre. Eben einfach nur, um im Ernst- oder Notfall gewappnet zu sein und um auf *Nummer Sicher* gehen zu können. Wir sind in Italien. Neapel ist immerhin nur einen Steinwurf weit entfernt und als ich meinen Kollege Franz einweihe, wie viel Zaster ich mit dabei habe, scheint er sich augenblicklich vor Angst in die Hose zu machen. Er hat in seinem Leben wohl zu viele Mafia Filme konsumiert. Das Hotel wirkt auf den ersten Blick auch noch wenig vertrauenserweckend. Auch mir ist nicht ganz wohl in meiner Haut, will ich doch auch nicht unbedingt die Erfahrung machen, ein Springmesser am Hals zu fühlen, aber es ist, wie es ist. Mafia hin, Mafia her.

Wir checken im Hotel ein und alle sind sehr freundlich zu uns, auch wenn wir nicht den geringsten Schimmer haben, was sie uns so alles erzählen. Meine Italienischkenntnisse sind gleich Null und Franz versteht ohnehin nur seinen eigenen Dialekt. Mit Händen und Füßen verständigen wir uns und eine der durchaus ansehnlichen Damen an der Rezeption deutet mit ihrem Finger nach draußen. Ich verstehe erst einmal Bahnhof. Sie stellt uns pantomimisch wertvoll dar, dass sich das Restaurant des Hotels gleich gegenüber – auf der anderen Straßenseite befindet – und tanzt uns förmlich die Uhrzeiten vor, zu denen wir dort etwas zu Essen bekommen würden.

Wir bedanken uns, checken ein, werfen uns erst mal für ein paar Stunden in unseren Zimmern auf die Matratzen und wachen einigermaßen zeitgleich am späten Nachmittag wieder auf.

Mir knurrt gemütlich der Magen und wir beschließen, die Gastronomie des Hotels mit unserer Anwesenheit zu beglücken. Natürlich steckt uns die Fahrt noch in den Knochen und wir fühlen uns ein wenig, als hätten wir einen Jetlag. Ja, wir sind lange Strecken gewohnt, aber dennoch ist so ein zwanzig Stunden Trip auch für uns nicht alltäglich. Immerhin haben wir jetzt aber gleich eine Woche frei und somit viel Zeit, um uns bei schönstem Wetter im Süden Italiens zu regenerieren. Auch wenn der gemeine Busfahrer alleine schon aus beruflichen Gründen wenig Bezug zu Alkohol hat, so nutzen wir diesen Tag danach dennoch, um in unserer freien Woche mit ein paar Birra anzustoßen. Man serviert uns unsere Hopfenkaltschalen, doch die

Küche öffnet leider erst viel später, wie uns der Koch mit seinem Zeigefinger auf die Armbanduhr deutend vermitteln möchte. (Die pantomimische Darstellung der italienischen Empfangsschönheit war wohl also doch nicht so wertvoll.)

In südlichen Gefilden findet man sich am Abend erst frühestens gegen zwanzig Uhr oder sogar noch später zum gemeinsamen Abendessen ein. Unser deutscher Magen hängt uns allerdings schon gegen 18 Uhr auf Höhe der Kniekehlen. Und weil uns so der Hunger plagt, bestellen wir noch zwei Birra, per favore. Bis letztlich der Startschuss in der Küche fällt, vergeht noch eine ganze Weile und die muss ja irgendwie überbrückt werden.

Als der Koch ganz stolz auf italienisch verkündet, dass er uns gleich etwas zum Spachteln zaubert, strahlen wir natürlich um die Wette und das wird auch höchste Eisenbahn, denn die ganzen Birra, die wir bis dahin schon förmlich verklappt haben, lähmen schon fast unser Sprachzentrum. Jedenfalls das von Franz.

Der Koch drückt uns eine Speisekarte in die Hand und wir verstehen gerade eben das Wort Pasta. Pasta ist gut und zu dem Zeitpunkt ist es ohnehin schon fast egal, was man uns zum Essen vorsetzt. Hauptsache, wir bekommen gleich was, bevor wir vor lauter Jetlag, gemischt mit etwas Alkohol, mit unseren Köpfen auf der Tischplatte aufschlagen und ins Koma fallen.

Wir sitzen also dort im Restaurant und grübeln, welche Form von Pasta denn nun für uns in Frage kommt. Cozze. Pasta con le Cozze. Muscheln also.

Wenn ich die Erklärungsversuche des Kochs und Restaurantchefs in Bud Spencer Gestalt richtig deute, hat er die Muscheln erst am Nachmittag eigenhändig in der Nähe des Hafenbeckens aus dem Meer gezogen, um sie uns und anderen Gästen nun gleich zu servieren.

Frutti di Mare. Ganz frische Cozze.

Er fängt an zu singen und stahlt uns nochmal ganz stolz mit seinen Meeresfrüchten an: »Cozze.«

»Lecker«, sage ich.

Mit der Geste, die meinen Zeigefinger zu meinem weit geöffneten Mund führt, versuche ich ihm noch so nebenbei zu verdeutlichen, dass das Wort im deutschen Sprachklang als Kotze noch eine weitere Bedeutung hat und darüber nicht selten Witze gemacht werden.

Wenn wir bis dahin sehr herzlich empfangen und bedient wurden, so findet die gute Laune des Kochs abrupt ein Ende. Er erstarrt förmlich und seine Miene deutet mir, dass er mir gleich mit seinem Küchenmesser bewaffnet die Kehle aufschneidet und mich daraufhin im Hafenbecken versenkt.

Diese blöde Sprachbarriere. Der gute Mann glaubt gerade wirklich, ich finde seine Zubereitungskünste zum Kotzen.

Mit ausladenden Gesten passt sich sein Tonfall sogleich seinem Gemütszustand an und auch andere Gäste bekommen sofort mit, dass hier wohl gleich jemand gemeuchelt wird.

Ich versuche, ihn zu beruhigen, woraufhin er immer saurer wird. Ein deutsch italienisches Wortgefecht entsteht und Franz wird in seiner Schockstarre klar, dass wir gleich mindestens erschossen werden.

Einer der anderen Gäste bemerkt, dass wir ganz offenkundig ein Verständigungsproblem haben. Er mischt sich ein und fragt mich in wohlklingendem deutsch mit italienischem Akzent, wo denn meiner Meinung nach das Problem liegt. Ich erzähle ihm sofort meine Version der Lage, während im Hintergrund aus den Ohren des Kochs schon sichtlich Rauchschwaden hervortreten.

Unser Vermittler kapiert das Missverständnis und versteht, dass ich nicht das gute Essen hier zum Kotzen finde, sondern dass lediglich der Klang des Wortes

Cozze zu deutsch eben eine völlig andere Bedeutung hat. Zugegeben, alles wenig appetitlich.

Als unser Retter die Situation dem Koch schildert, braucht dieser zwar noch einen kurzen Moment, weil er sich schon mächtig in die Situation hineingesteigert hat, aber seine Miene ändert sich zusehends und auch Franz schöpft wieder neuen Lebensmut.

Einige Augenblicke später und nachdem auch der letzte im Restaurant begriffen hat, dass zwei Deutsche in neapolitanischen Regionen knapp dem Tode entronnen sind, ist mir das alles natürlich unendlich peinlich. Zugleich bin ich natürlich auch unserem Lebensretter mit deutschen Sprachkenntnissen vom Nachbartisch mordsmäßig dankbar, dass er uns davor bewahrt hat, zu Bolognese verarbeitet zu werden, die im Anschluss den Schweinen serviert wird.

Zur Feier des Tages lade ich die kleine Gesellschaft zu einer Runde italienischen Bieres ein und wir lächeln nun alle gemeinsam über diesen Fauxpas, den ich angezettelt habe.

Franz freut sich, dass er weiter leben darf und als wir unsere wirklich leckere Pasta con le Cozze verspeist haben, wird es nun auch höchste Zeit, ein Ende zu finden und uns in unsere Gemächer zurückzuziehen.

Ich zahle und wir verlassen das Restaurant.

Nur eine Straße trennt uns noch von unserem Hotel. Eine viel befahrene Straße. Ja, eine Schnellstraße. Franz, noch ganz benommen ob der Ereignisse – vielleicht liegt es aber auch am Bier – hat sicher nur noch *Bett* im Kopf, denn nur so kann ich mir erklären, weshalb er nichts mehr von den heranrasenden Autos mitbekommt. Er ist glatt im Begriff, einfach weiter zu latschen, ohne dabei auf den Verkehr zu achten.

Ich reagiere schnell, greife beherzt von hinten an seinen Gürtel – und diesmal hat er es wohl mir zu verdanken, dass er binnen eines Tages nun bereits zum zweiten Mal dem Tod von der Schippe gesprungen ist.

Er bedankt sich und wir sind wohl beide froh, dass wir kurz darauf ohne größere Verletzungen unsere Zimmer erreichen.

Pozzuoli ist nicht bloß bekannt dafür, dass es auf eine wahrhaftig ausgedehnte römische Geschichte zurückblicken kann. Wer hätte wohl dort erwartet, so tief in Italien, dass sich noch heute viele antike Bauwerke rund um diese vulkanisch geprägte Landschaft rings um den Ortskern befinden?

Etwa um das Jahr ´60, was zwar schon eine Weile

her ist, aber so steht es noch heute auf wikipedianischen Tafeln im Almanach des großen Wissens geschrieben, ging seinerzeit hier auch schon der Apostel Paulus von Tarsus auf Missionsreise. Und zwar auf seine vierte, als römischer Gefangener an Land, um nach Rom gebracht zu werden. *Aha.*

Ebenso wissenswert ist sicher, dass der heilige Januarius in Pozzuoli einst seinen schlauen Kopf verlor. Wenn Sie sich eventuell erstaunt und fragend zugleich am Deckhaar kratzen sollten, weshalb, so kann ich Ihnen lediglich sagen, dass der Gute geköpft wurde. Und zwar auf Geheiß des alten Kaisers Diokletian, der ziemlich genau von 284 bis 305 römischer Kaiser war. Wer weiß, vielleicht hat Januarius ihn beim Pokern übers Ohr gehauen oder am Ende sogar mit des Kaisers Gemahlin getechtelmechtelt. Vielleicht waren ihm aber seinerzeit auch einfach die Gladiatorenspiele zu unblutig und fad und er dachte sich so zwischen Weintrauben und dem Gesang von neunundneunzig Jungfrauen: »Hinweg mit der Rübe von Januarius.« Vielleicht war der Unglückliche auch einfach bloß zu unattraktiv.

Wie dem auch sei, beim Besuch der antiken Säulen, die noch immer das Stadtbild Pozzuolis prägen, vermögen Franz und ich das über unsere Audioguide geführte Tour einfach nicht mehr herauszufinden. So bleibt mir das, was seinerzeit zur Enthauptung des lieben Januarius führte, bis dato ein Rätsel.

Pozzuoli. Nun zu etwas Positivem: Wussten Sie, dass Pozzuoli unter anderem auch die Geburtsstadt der Diva Sophia Loren ist?

Franz und ich machen uns auf den Weg zum Hafen. Franz hat mal wieder Panik vor der Mafia. Weil er aber auch nicht alleine im Hotel bleiben will, begleitet er mich auf meiner Sightseeing Tour durch Antike und Moderne.

»Wo hast du denn eigentlich das Geld gelassen? Im Bus oder im Hotel?«, fragt Franz irgendwann beiläufig.

Ich erkläre ihm, dass ich das Geld gerade am Körper trage.

Ein weiterer Schockmoment für Franz. Seinen Blick werde ich niemals wieder vergessen. Sein beinahe spürbar flaues Gefühl im Magen, von wegen Mafia und so, reift unübersehbar zur spontanen Todesangst heran, denn er erstarrt für mehrere Minuten zur antiken Säule.

Ich muntere ihn auf. Schließlich weiß ja keiner, dass

ich ein paar tausend Euro hier mit mir herumschleppe.

Das beruhigt ihn wenig, aber immerhin setzen wir unseren Weg wieder fort.

Nach einer Woche zwischen Ängsten, Lebensgefahr und lebendiger Geschichte müssen wir vormittags zum Auschecken.

Unsere Gruppe urlaubsbedürftiger Amerikaner kehrt aber erst abends zurück, weil sie erneut in die Nacht fahren möchte, um auch die Heimfahrt im Großen und Ganzen verschlafen zu können.

Franz und ich verbringen den lieben langen Tag also bei sengender Hitze im Krater des Vulkans – und zwar in der Gepäckklappe liegend, um wenigstens einen Hauch vom Durchzug eines Lüftchens zu verspüren.

40 Grad Außentemperatur. Was für eine Hitze. Mitten im Vulkan. Es ist wie in einem Brutkasten.

Warten und dösen. Dösen und warten.

Aber auch der längste Tag hat mal ein Ende. Wir schlüpfen, als die ersten Militärs den Bus erreichen und bringen unsere Fahrgäste ohne weitere Vorkommnisse zurück nach Deutschland.

Was für eine Woche zwischen Mafia, Cozze und Sophia Loren ...

Freiwillige Ungarheuerwehr

Im Laufe der Jahre habe ich viele Feuerwehrleute kennengelernt und war auch mit vielen Feuerwehren verschiedenster Städte, Dörfer und Gemeinden auf Tour. Berufsfeuerwehren sowie ihre freiwilligen Kollegen habe ich im Laufe der Jahre auf ihren Urlaubs-, Besichtigungs-, und Seminarreisen begleitet. So kann ich aus meiner Sicht nur sagen: Das sind allesamt wahre Helden – und wenn es nach mir persönlich gehen würde, sollten eben auch diese freiwilligen Helden, die stets und immer auf unsere Gesellschaft aufpassen und im Notfall zu Hilfe eilen, auch in irgendeiner Form für ihre freiwilligen Dienste entlohnt werden. Gerne auch finanziell. Also schicke ich hier in aller Deutlichkeit voraus: Ich habe so gar nichts gegen, sondern viel mehr etwas für Feuerwehrfrauen und

-männer.

Eigentlich tut es inhaltlich in meiner Erzählung nichts zur Sache, ob die Ereignisse dieser Tour nun einer freiwilligen Feuerwehr zugeordnet werden, oder etwa einem x-beliebigen Junggesellenabschied. Aber ich glaube, der Kontrast macht es am Ende. Man geht ja bei einer Junggesellen Tour irgendwie grundsätzlich davon aus, dass wer über die Stränge schlägt, sich mal einer daneben benimmt und am Ende etwas schief geht. Hier geht es aber wahrhaftig um eine freiwillige Feuerwehr.

Die erste Fehlentscheidung liegt vorab definitiv bei mir. Bin ich doch immer ein Verfechter der Aussage: Augen auf bei der Berufswahl. Bei Touren dieser Art bin ich aber sicher, den falschen Beruf gewählt zu haben. *Autsch.*

Der Wehrführer Höchstselbst kümmert sich um alles. Seine unzähligen Anrufe im Vorfeld machen klar – der Mann ist ein Hundertfünfzigprozentiger. Vielleicht auch von einem gewissen Geltungsdrang geplagt verkündet er, auf welch noble Getränkevielfalt denn die Garde des lieben Florian auf ihrer Tour zurückgreifen möchte.

In der Regel beschränkt sich mein Angebot an Getränken auf Bier, Sekt im Piccoloformat, Mineralwasser, mit und ohne Kohlensäure, Apfelschorle, Orangenlimonade und Cola. Viele Jahre war dies mehr als bloß ausreichend, aber hier wird darauf bestanden, dass ich zudem auch noch Wein, Apfelwein und mindestens zwei bis drei Likör- und Schnapssorten für eine mit Ansage trinkfeste Gesellschaft dabei haben soll. Selbstverständlich kommt zu meiner bereits aufgeführten Biersorte auch noch eine bekannte Weizenbiermarke auf den Wunschzettel. Eine Woche soll ja schließlich überbrückt werden und die Hin- und Rückfahrt ist bekanntlich auch zeitlich sehr ausgedehnt. Er will mir damit sagen: Seine Truppe ist die durstigste, die ich jemals gefahren habe und ich solle mich auf einen exorbitanten Getränkeumsatz einstellen. Sie werden genügend Zeit haben, meine Getränkeladung zu vertilgen.

Ich starte also den gewünschten Großeinkauf und der Getränkehändler fragt mich breitgrinsend, ob denn bald ein Krieg ausbricht, als ich mit meinem Einkaufswagen ein sechstes Mal an seiner Kasse parke.

Ich atme tief und verdrehe meine Augen. Sie kennen sicher auch die Sorte Mensch, die sich bei allem, was man so macht und tut, berufen fühlt, jeden noch so belanglosen Mist kommentieren zu müssen. Also frage ich ihn, ob er denn heute noch keine Nachrichten gehört hat, mache dabei einen echt panischen Gesichtsausdruck und wünsche ihm und seiner Familie alles Gute bei dem, was da auf uns zurollt.

Er greift verdutzt nach seinem Handy und ich sehe zu, dass ich auch die letzte Ladung in meinen Kleinbus kriege, bevor der Hirsel bemerkt, dass ich ihn auf den Arm genommen habe.

Ich bin also gut gerüstet und alle Getränke und Kisten sind gut und sicher verstaut. Einer dreiwöchigen Reise durch die Wüste Gobi steht nun jedenfalls getränketechnisch nichts mehr im Wege. Aber ja, es wird ein langer Trip mit einer weiteren tollen Truppe einer freiwilligen Feuerwehr. Einer Durstigen. Na da kann ja eigentlich nichts passieren. Letztlich sind Floriansjünger ja bekannt dafür, äußerst hilfsbereit zu sein. Sie werden einander also bei der Bekämpfung ihres Brandes in den nächsten Tagen sicherlich gerne helfen. Franz und ich haben auf jeden Fall alle besonderen Getränkewünsche im Angebot bereit. (Ein Kneipenwirt würde vor Neid erblassen.)

Ob uns gerade danach ist oder nicht, sei dahingestellt.

Wir fahren dennoch wie immer mit einem Lächeln bewaffnet vor dem Feuerwehrhaus vor, und ein Pulk von knapp vierzig Menschen schaut erwartungsfroh aus der Wäsche. Direkt neben ihnen stehen all ihre Koffer und auf der anderen Seite steht eine Wand aus Bierkisten.

Franz und ich bekommen große Augen und fragen uns, was die damit wohl vorhaben. Exakt das will ich unmittelbar nach dem

Öffnen der Bustür und nach einem mittelschlecht gelaunten *Guten Morgen* gleich in Erfahrung bringen. Ich versuche, den Alphawolf der Herde herauszufiltern, der auch schon mit ausgefahrener Hand auf mich zukommt, um mich zu begrüßen.

Ich frage ihn, was sie denn mit den Getränken vorhätten.

»Ja, das ist bloß eine kleine Wegzehrung«, meint er.

Locker dreißig Kisten Bier als Wegzehrung durchgehen zu lassen, fällt mir schwer. Ich verkünde ihm die Frohe Botschaft, dass ich extra auf seinen besonderen Wunsch hin eine Menge eingekauft habe.

Er zuckt lediglich mit seinen Schultern. »Ja, aber

wir werden darauf ja sicher noch zurückkommen.«

Das ist mir ein wenig vage. Ich schaue angepisst und genervt aus der Wäsche. Hey, ich habe ja nix dagegen, wenn jemand mal noch ne Flasche oder zwei aus eigenen Beständen mitbringt. Wenn aber im Vorfeld solch ein Terz darum gemacht wird und ich mir beim Besorgen vorkomme, als wäre ich ein Bierkutscher, um später auf der Suppe sitzen zu bleiben, bin ich natürlich *not amused.*

Ich mache also eine klare Ansage und meine, sie dürfen gerne zwei bis drei Kisten mit in den Bus nehmen, da habe ich nichts dagegen. Aber nicht alle dreißig. Ohnehin haben wir ja auch gar keinen Platz mehr, um das alles unterzubringen, wenn sie noch ihr Gepäck einladen wollen.

Er meint großspurig: »Das kriegen wir schon irgendwie unter.«

An der Stelle haut es mir zum ersten Mal die Sicherung raus. Mein Kollege Franz kennt mich und weiß, wenn mir Qualm aus den Ohren steigt, ist es Zeit, mehr als ein paar Armlängen Abstand zu mir einzunehmen.

Ich weise den Herrn erneut darauf hin, dass ich ja extra auf seinen Wunsch so viel Krempel gekauft habe und dies auch im Vorfeld so vereinbart war.

Auch er wiederholt sich und meint einmal mehr: »Wir werden das schon irgendwie verstauen.«

Ich schaue ihn fassungslos an. Bin kurz davor, zu detonieren. In mir macht sich unmittelbar ein Gefühl breit, die Gruppe einfach stehen zu lassen und eben anstatt nach Ungarn einfach zurückzufahren. Aber auch das ist eben leider vertraglich vereinbart und so muss ich fürs Erste die Füße still halten und in den mächtig sauren Apfel beißen.

Der nächste Klops lässt nicht lange auf sich warten. So schlägt der Feuerwehrchef zwischen Gepäckeinladen und Einsteigen vor, dass wir unsere Getränke ja auch ausladen können, damit die Gruppe Platz für ihre hat. Den ersten aus der Gruppe wird das Verhalten Ihres Anführers uns gegenüber langsam peinlich.

Ich glaube es erst nicht. Meine, mich verhört zu haben und gehe erst gar nicht darauf ein. *Lächerlich.* Eine Unverschämtheit! Und der Firefighter weiß an der Stelle noch nicht, wie knapp er vor einer sahnigen Backpfeife steht. Ich bin wahrhaftig ein friedvoller Mensch, helfe gerne und tue an sich alles, damit man sich in meiner Gegenwart wohl fühlen kann. Es gibt jedoch so einen besonderen Menschenschlag, dem man am liebsten statt einem Guten Morgen gleich eine ballern würde. Und wenn er dann fragt, warum, dann gleich nochmal.

Ich atme tief und laut ein und kümmere mich weiter um die Abläufe vor der Abfahrt.

Der Kerl gibt jedoch nicht auf. Erneut konfrontiert er mich mit seinem Vorschlag und meint, ich kann ja meine Getränke inzwischen im Feuerwehrhaus lagern.

Ich bin kurz davor, ihn an der Kirchturmuhr gegenüber festzumachen. Mittlerweile wissen auch der letzte Feuerwehrmann und die letzte Feuerwehrfrau, wie knapp ihr Häuptling davor ist, abzuheben. Ich leide sicher nicht unter partiellen Gewaltphantasien und möchte erneut betonen, dass ich ähnlich drauf bin wie Gandhi seinerzeit. Bin stets gelassen und ruhe in mir selbst. Meistens. Zumindest zeige ich meinen Ärger in aller Regel nicht nach außen hin. Ab und an jedenfalls. Okay, also, wenn mir einer so richtig auf den Sack geht – wie der Typ gerade – dann kann ich auch schon mal anders. Ich beantworte also seinen Vorschlag mit einem eindringlichen *Nein* und werfe den Riemen auf die Orgel, um den Motor zu starten. Das Thema ist zumindest von meiner Seite aus fürs Erste gegessen und ich hoffe, Oberhirsel hält sich während der Tour und ab sofort zurück.

Gepäck ist also verstaut, die Türen schließen und mit einem Puls von 150 rollen wir los.

Ziel der Tour ist eine befreundete Feuerwehrgemeinschaft in der Mitte Ungarns, etwas weiter südlich vom Plattensee. Unsere Route führt uns durch Budapest. Am herrschaftlich imposanten Gebäude des ungarischen Parlaments vorbei, das – wie Ihnen sicherlich bekannt ist – unmittelbar an der Donau liegt, führt uns die Strecke im weiteren Verlauf auch noch am Plattensee vorbei. Landschaftlich landen wir an einem sehr schönen, aber auch sehr naturbelassenen Ort.

Einmal mehr einer der 20-Stunden-Trips für Franz und mich.

Die Herrschaften der Feuerwehr haben sich damit arrangiert, bis auf 5-6 Kisten aus ihrem Getränkesortiment mit unserem vorliebzunehmen. *Nicht mehr als richtig*, meint auch mein Kollege Franz unterdessen.

Wir nähern uns dem Dorf, in dem das Hotel liegt, in dem wir für die nächsten Tage Quartier beziehen und mir schwant Schreckliches. War doch der Oberbrandmeister Vollhorst dafür zuständig, die Unterkunft zu buchen. Einmal mehr wird mir klar: Ich bin im falschen Leben gefangen.

Der Cheffeuerlöscher verkündet nochmal mit stolz

geschwollener Brust der Allgemeinheit, wie günstig er uns alle eingebucht hat. Spätestens da dämmert dann auch der Meute, dass es eventuell ein Fehler war, alles Administrative im Vorfeld der Tour ihrem Leithammel zu überlassen.

»Günstig muss ja nicht immer etwas Schlechtes bedeuten«, meint Franz mit einem gequälten Lächeln im Gesicht.

Aber in dem Fall ist die Umschreibung *beschissen* wahrhaftig nur geprahlt.

Ich parke den Bus vor dem »Hotel«, weit draußen in der Einöde, und mir ist sofort klar, wir sind in einem anderen Jahrhundert gelandet. Ich habe ja schon Einiges gesehen, aber das, was uns hier begrüßt, stammt wahrhaftig noch aus dem frühen neunzehnten Jahrhundert und wird auch noch genau so betrieben. Kerzenleuchter, Teppiche an den Wänden. Ich komme mir vor wie in einem alten Klamotten-Film über den König von Ungarn, dem Habsburger Franz Joseph den I., der alten Socke.

Dieses Puristische hat natürlich auch seinen Charme. Allerdings teilt nicht jeder diese Meinung und die ersten der Gruppe fangen an zu meutern. So ist das, wenn man Buchungen Leuten überlässt, die keine Ahnung haben.

Aber hey, ich bin ja wie immer gut versorgt und mir ist es egal, notfalls schlafe ich eben im Bus.

Die Zimmer sind mit alten Holzbetten bestückt, die schon weitestgehend einer lieben Holzwurmfamilie als Nahrung dienten. Löchrig wie ein Schweizer Käse und gerade mal so groß wie eine Schuhschachtel. Mit einsneunzig Länge muss ich mich entweder zusammenfalten oder große Teile meiner Glieder aus dem Bett baumeln lassen. Na wunderbar. Wie erholsam. Es ist heiß. Kein Ventilator. Keine Klimaanlage.

Was man nicht so alles tut, um für eine Woche seine ungarischen Feuerwehrfreunde zu besuchen, denke ich mir. Nichts gegen ungarischen Hotelstandard – es gibt sehr wohl wundervolle Hotels, Land auf, Land ab.

Mit Schwung raffe ich mich auf und wandere neugierig quer durchs Hotel, um den »Speisesaal« zu suchen. Ich bin einmal mehr hungrig und als mein Kollege Franz sich hinzugesellt und wir mit einem Feierabendbier auf die Ankunft anstoßen, freuen wir uns auf ein deftiges Abendessen. Es soll hier ja auch etwas zu essen geben. Da das nächste Restaurant mindestens vierzig Kilometer weit weg liegt, bin ich sehr gespannt, was uns gleich aufgetischt wird.

Ich weiß nicht, welches Tier unserem Koch zum

Opfer gefallen und schlussendlich auf unserm Teller gelandet ist, aber es ist gar nicht mal so schlecht. Die Speisekarte deutet allgemein nur wenig darauf hin, auch Vegetarier glücklich machen zu können. Fleisch mit Fleisch als Beilage ist hier wohl das Motto. Obwohl ich selbst der Fleischeslust nicht ganz abgeneigt bin, so ist es dennoch interessant, wie sich der Koch kulinarisch an die Monotonie der weiten und urtümlichen Landschaft angepasst hat.

Ich denke über unseren Aufenthaltsort nach. Brachland, soweit das Auge reicht. Findet man in westlicheren Gefilden zumeist bewirtschaftete Ländereien, so ist es hier ursprünglich fast romantisch wild. Wenn sich das Quecksilber nicht so brutal auf vierzig Grad eingeschossen hätte – und zwar im Schatten – würde ich nach dem Essen doch glatt noch per pedes auf Erkundungstour gehen, um mir diese prächtige Region auf meiner Netzhaut zu speichern. Ganz unvegetarisch und mit letztlich drei Bier im Bauch lege ich mich dann aber doch in meine Nussschale und warte auf den Sandmann, der mir sogleich gefühlt eine Vierzigtonnerladung Schlafsand in die Augen schüttet.

Am nächsten Morgen sitze ich mit Franz beim Frühstück – oder zumindest bei dem, was man hier dafür hält. Da mir das Fleisch von gestern Abend noch im Bauch liegt wie ein verzehrtes Gnu im Magen eines Löwen, bin ich ohnedies nicht der hungrigsten Einer und knabbere an meinem mir mit viel Liebe kredenzten zwiebackähnlichen Toast, für den man des Schreinermeisters Stechbeitel benötigt, um ihn zerteilen zu können. Jetzt weiß ich auch, weshalb hier nicht bloß der Koch recht zahnbefreit seine Gäste bewirtet. Eine Art Ziegenbutter macht die brotähnliche Speise zwar optisch wertvoller, aber von der Konsistenz her bleibt Pflasterstein eben Pflasterstein.

MOZ, oder der Mann ohne Zähne, wie ich ihn fortan nenne, ist aber dennoch ein gar lustiger Zeitgenosse und jongliert auch schon zum Frühstück mit Kaffeetassen, so gut gelaunt, wie er ist. Ich kann mir gut vorstellen, dass sich nie zuvor eine über vierzigköpfige Touristengruppe in seinem Hotel eingebucht hat. Offensichtlicht ist meine Feuerwehrtruppe für ihn finanziell ein Jackpot. Er zieht alle Register, um so gastfreundlich wie möglich zu sein. Nein, er ist wirklich ein herzensguter Kerl. Aber ich glaube nicht, dass sich sonst eine Menschenseele hierhin verirrt, liegen die touristisch wertvollen Städte und Regionen doch ein paar hundert Kilometer weit in andere Himmelsrichtungen. Hier gibt es gerade nur von einem mächtig viel: nämlich von der Hitze. Die Körpersäfte rinnen einem schon beim Frühstück ohne weitere körperliche Anstrengungen in die Po-Ritze.

Zeit für den nächsten Auftritt meines Lieblingsmenschen. Eigentlich war es vorab so vereinbart, dass wir am Tag nach der Ankunft keinen Bus hätten bewegen müssen. Ein freier Tag ist eingeplant. Dann kommt die Ansprache von Oberfeuerwehrhauptmannsbrandmeister *Wahnsinn*, der sogleich seine Programmvisionen für den bevorstehenden Tag durch den Frühstücksraum posaunt.

Da ich natürlich nicht der Einzige bin, der hier schon beim Kauen von zementfreiem Zwieback kurz vorm Fieberwahn steht, hält sich die allgemeine Begeisterung der Feuerwehrleute durchaus in Grenzen. Erst für den darauffliegenden Tag ist ein Zusammentreffen der Feuerwehren im nahegelegenen Sportzentrum angedacht. Ein Feuerwehr Freundschaftsspiel steht auf der Agenda und ich freue mich sogar schon darauf, den durchaus im Schnitt adipösen Männern beim Abquälen gegen hagere Naturburschen im Sprint beim Versagen zu sehen. Ich bin in aller Regel eher unparteiisch, aber hier warte ich ein wenig schelmisch auf das bevorstehende fußballerische Highlight knapp vor der Puszta. Sollte die Sonne weiterhin so prall vom Firmament herabbrennen, mache ich mir dennoch ernsthaft Sorgen um die Kondition der Protagonisten.

Der Häuptling hat sich über Nacht offenbar spontan dazu entschlossen, unseren freien Tag auf einen späteren in der Woche zu verlegen. Grundsätzlich ist das auch kein Problem, aber es wäre natürlich dennoch nett gewesen, wenn er *vor* seiner Verlautbarung mal kurz mit uns darüber gesprochen hätte. So fühle ich erneut ein Anschwellen meiner Venen im Halsbereich und es blitzen Bilder diverser Gewaltphantasien vor meinem inneren Auge auf.

»So ein Arschloch.« Oops, hab ich das soeben wirklich laut gesagt? Ich fürchte, ja, denn Franz, der mir gegenüber sitzt, nickt sogleich zustimmend.

Unser Feuerwehrquälgeist glaubt, es ist eine phantastische Idee, seinen Mitreisenden einen Spontanausflug ins Programm zu meißeln, bei dem sie Csikos – Pferdehirten – in den Weiten der ungarischen Steppe, der Puszta, einen Besuch abstatten.

Nicht nur meine und die von Franz, sondern auch die allgemeine Begeisterung hält sich dabei in Grenzen. Bedeutet dieser Ritt doch, dass wir sogleich einer weiteren Busfahrt von knappen zweihundertfünfzig Kilometern gegenüberstehen. Grundsätzlich kein Problem, wie gesagt, aber wenn man erst mal davon ausgeht, frei zu haben, ist es eben doch ein anderes Gefühl, wenn man den Rest des Tages fernab jeglicher Zivilisation verbringt.

»Sind wir hier nicht auch schon geographisch am Arsch der Welt angekommen?«, so die Frage eines Feuerwehrrekruten.

Ein kurzes: »Wer will, kann natürlich auch im Hotel bleiben«, stößt dann wieder auf offene Ohren.

Eine Stunde später sitze ich gemeinsam mit Franz, der mich auch auf dieser Tour nicht im Stich lassen möchte, und mit exakt vier weiteren Interessierten nebst meinem Lieblings-Oberfeuerwehrblödmann.

Es ist eigentlich nicht zu fassen. Wir fahren wahrhaftig hinaus in die Puszta. Über Straßen, die Baggerübungsstrecken gleichen und Löcher im Asphalt aufweisen, die größer sind als so mancher Swimmingpool.

Die Hitze steigt ins Unermessliche. Laut meiner Anzeige auf dem Armaturenbrett haben wir es nun schon mit einer Außentemperatur von unglaublichen 47 Grad zu tun. Die Klimaanlage des Busses läuft auf Hochtouren und mir fällt sie Szene aus dem Film »Das Boot« ein, in der der Kapitänleutnant zuversichtlich meint: »Das muss das Boot abkönnen«, als es in den Tiefen des Meeres versinkt und der Spannungskurve geschuldet gleich vorm finalen Zerquetschen steht. Hier geht es jedoch wortwörtlich darum, nicht in der sommerlichen Hitze zu verglühen.

Monotones Motorengeräusch begleitet unsere Reise – und aufgrund der wenig abwechselnden und immer karger werdenden Landschaft dämmert es auch knapp vor unserem Ziel dem Herrn Oberbrandbeschleuniger, dass dieser spontane Ausritt vielleicht doch nicht unbedingt zur Top Ten seiner besten Ideen zählt, die er jemals gehabt hat.

Ich beobachte ihn im Rückspiegel. Ganz und gar ein Mensch, der sich selbst am meisten im Wege steht. Aber frei nach dem Motto »Wenn Scheiße, dann Scheiße mit Schwung« zieht er seine Vorhaben gnadenlos durch.

Mehr als drei Stunden später erreichen wir dann auch unser Ziel. Wobei – was unterscheidet das hier von der Region, in der wir heute Morgen gestartet sind? Bis auf den unsäglichen Umstand, dass wir offenbar einen Parkplatz im Backofen gefunden haben und weit und breit außer ein paar Sträuchern kein einziger Baum Schatten spenden kann. Es gibt nämlich keine Bäume, soweit das Auge reicht. Zumindest keine großen. Eine Ebene bis an den Horizont. Wild und flach und verdammt heiß.

Unser Feuerwehrhauptidiot meint, hier gibt es spektakuläre Reiteinlagen. Ja, die ungarischen Pferdehirten sind natürlich für ihre Reitkünste berühmt und ich bestreite weder ihr Können, noch das rege Interesse, das man daran finden kann.

Als ich die Bustüren öffne und auch dem letzten Floriansjünger dämmert, dass es draußen unfassbar heiß ist und sie eigentlich ja lieber nach der langen Anreise erst einmal im Bus verweilen wollen, spüre ich, wie meine Sicherungen im Kopf langsam heiß laufen. Wir sind also pünktlich um neun Uhr gestartet, um uns nach drei Stunden Fahrt erst mal gemeinsam in einem Brutkasten aufzuhalten?

Der Feuerwehroberstvolldämlack vermittelt mir, dass wir nur knapp die erste Vorstellung des ungarischen Reitervolkes verpasst haben und auf den Beginn der nächsten warten sollen – nämlich zwei weitere Stunden später.

Etwas knackt ganz laut in mir und Franz hat große

Mühe, mich davon abzuhalten, dem Feuerwehrhinterfotzigen einen der bordeigenen Feuerlöscher ins Gesicht zu halten. Ich sehe Bilder aufblitzen, wie er geteert und gefedert durch die Steppenlandschaft rennt. Ich brauche eine Weile, um mich von meinem hysterischen Lachen zu erholen, und mache schließlich einen an dieser Stelle mehr als nur Vorschlag: Wenn sie sich nicht den Rest der laufenden Show anschauen wollen, sehe ich mich gezwungen, diesen Ausflug als Sicherheitsgefährdung einzustufen und mir wird sicher auch irgendwann noch ein passender Grund dazu einfallen, da bin ich mir sicher.

Langsam hinterlassen meine Ansagen Spuren und ein wenig kleinlaut verlassen alle den Bus.

Ich glaub, ich spinne. Was für ein Arschloch. Mein sonst so großes Interesse an Kultur schwindet auf einen gepflegten Minuslevel. Schlagartig. Natürlich hätte auch ich mir gerne diese Reitkünstler angeschaut, aber so Gott will, verschlägt es mich im Leben noch ein weiteres Mal hierhin. Und dann bitte an einem weniger heißen Tag und mit weniger Vollidioten im Gepäck.

Wir stehen also mitten in der Sonne. Das Thermometer zeigt eine Außentemperatur von mittlerweile unglaublichen 55 Grad an. Ich schwitze sogar auf der Netzhaut. Oder sind das schon Tränen der Erkenntnis?

All meine Sünden ziehen mir gedanklich durch den Kopf und ich denke einmal mehr: »Was zum Henker mache ich hier?«

Ich stelle den Motor ab, weil ich ja auch umweltbewusst bin und zudem nicht für einen Steppenbrand verantwortlich gemacht werden möchte. Wir parken nämlich auf einem halb Schotter, halb verwucherten Parkplatz, der sich sicherlich auch schon ohne fremde Hilfe alsbald entzünden wird, sollten noch ein paar wenige Grade hinzukommen.

Von Weitem lauschen wir dem Knallen der Peitschenhiebe von Reitern und den Hufschlägen ihrer Pferde. Mir ist die Lust mal gerade komplett vergangen und ich öffne die Gepäckklappen des Busses, um mich erst einmal auf meiner ausgebreiteten Isomatte im Kofferraum lang zu machen. Es geht noch nicht mal ein kleiner Hauch von einem heißen Furz von Lüftchen – es ist völlig windstill.

Kurz bevor ich glaube zu verglühen, höre ich ein Summen, das sich auf uns zubewegt. Franz hat sich unterdessen auch in der Ladeklappe niedergelegt und wir spitzen unsere Ohren, was sich uns da nähert. Fliegende Insekten, die ich in meinem ganzen Leben noch nie zuvor gesehen habe, haben uns wohl aus der Ferne erspäht und starten sogleich ihre Angriffe aus der Luft.

Wir springen auf und wedeln mit unseren Matten, was nicht nur besonders blöd aussehen muss, sondern auch mal gerade so gar nichts gegen diese Viecher hilft. Uns bleibt nur der Rückzug in den Bus. Die Türen schnell schließen und sofort den Motor starten, um nicht den gemeinen Hitzetod zu sterben. Umwelt hin, Umwelt her, das hier ist eine Notlage und die Rettung heißt: Motor an.

Für die nächsten anderthalb Stunden bewegen wir alle paar Minuten den Bus ein paar Meter weiter, um nach Möglichkeit den bereits erwähnten Flächenbrand zu vermeiden. Es wäre nicht das erste Mal, dass ein geparktes Fahrzeug im Hochsommer eine dürre Wiese abfackelt, das gibt es sogar schon bei geringeren Temperaturen in Deutschland. Wir haben also auch in der Wartezeit nicht wirklich Pause.

Nach knappen zwei Stunden taucht unsere Touristengruppe am Horizont auf, und als sie endlich zurück in den Bus einsteigt, meint unser Oberfeuerlöscher auch noch im O-Ton: »Na, das hat sich ja mal so gar nicht rentiert, hierher zu fahren.« Aufgrund der geringen Besucherzahl und der Hitzesituation hätten die Artisten lediglich ein paar Auszüge ihrer Kunststücke vorgetragen und überhaupt nur auf alten klapprigen Pferden, die wohl offenbar bald ihre Wiedergeburt als Salami feiern.

Ich verkneife mir jeglichen Kommentar und wir machen uns auf die wiederum dreistündige Rückreise zum Hotel.

Tags drauf schaue ich zu, wie das Karma einmal mehr für eine kleine Genugtuung meinerseits sorgt: Mein lieber Feuerwehrhydrant in Menschengestalt wird am späten Abend bei Flutlicht mit einer Blutgrätsche des ungarischen Sturms zu Fall gebracht. Mir ist durchaus bewusst, dass der Mann sich gerade vor meinen Augen in der Luft mehrfach um die eigene Achse dreht, bevor er äußerst unsanft der Erdanziehungskraft hinterher gen Boden kracht. Dennoch kann ich mir ein leichtes Lächeln nicht verkneifen.

Am Abend darauf sind wir dann alle bei der heimischen Mannschaft im örtlichen Feuerwehrhaus, bestehend aus einem alten Kuhstall, einer alten Handspritzpumpe, die man im Brandfall mit mindestens zwei Leuten bedienen muss, eingeladen. Ein alter Unimog mit einer großen Kuhglocke dient offenbar als Sirene.

Die Gastgeber haben eine Gulaschkanone vorbereitet. Zünftig und traditionell. Alkohol fließt aus undefinierbaren Gefäßen, so bin ich mir sicher, dass ich sogar einen gesehen habe, der seinen Trunk aus einer Frostschutzflasche zu sich genommen hat. Prost und Mahlzeit. Nicht bloß Liebe macht bekanntlich blind, wenn man sie zu hoch oder gar falsch dosiert.

Auf mehrfache Einladung des ungarischen Ortsbürgermeisters, der Franz und mich gleichzeitig an unseren Unterarmen fasst und zur Gulaschkanone drängt, lassen wir uns nötigen und essen nun auch vom Gemeindegulasch. Sehr lecker, wie ich im Übrigen finde. Mächtig scharf, aber das gehört ja bekanntlich genau so.

Im Anschluss folgen zwei Tage der Langeweile und am Ende machen wir uns auf unsere Rückreise.

Ich danke am Ende der Tour einmal mehr dem Karma, das wieder einmal ein gutes Augenmaß bewiesen hat – und bin mir mit Franz einig, dass wir so schnell keine Feuerwehrtruppe mehr verlegen werden. So viel ist sicher.

Mensch, bleib Mensch und verhalte dich nicht wie ein Arsch, so ist mein Kredo.

Feuerwehr – einmal mehr

Es ist mal wieder tief in der Nacht, als mir mein Wecker die vertraute Geschichte vom Aufstehen erzählt. Kurz, aber dafür laut.

Ich drücke auf die Schlummertaste und ziehe mir meine Bettdecke zurück über die Nase.

Leck mich, denke ich mir. *Leckt mich doch alle mal sonstwo. Heute bleibe ich liegen.*

Da ich aber lediglich die Schlummertaste gedrückt habe, läutet mein Wecker erneut und ich falle fast schlaftrunken von der Matratze.

Ja, mein Job kennt keine Gnade, ich bin in der Vergangenheit zu Tages- und Nachtzeiten aufgestanden, die andere lediglich vom Hörensagen kennen. Sonn- und Feiertags. Regelmäßig am Wochenende. Während die Allgemeinheit im Hochsommer ihre Käsegriller wendet, tue ich das Gleiche – jedoch mit dem Bus.

Fit wie ein Komapatient schäle ich mich aus dem Federbett. Nur noch siebenundzwanzig Jahre bis zur Rente, dann hat dieser Mist ein Ende. Falls mich nicht vorher schon der Blitz beim ... Na, Sie wissen schon.

Ich stehe also mehrere Minuten lang mit müden Augen und herabhängendem Unterkiefer vorm Badezimmerspiegel, und warte auf ein Bild. Meine Tränensäcke hängen bis zum Kinn und das Weiße im Auge wird heute von einem herrlich dunklen Rotton komplett in Schach gehalten.

Ich stecke mir meine elektrische Zahnbürste in den Mund und komme mir vor wie Schlafes Bruder. *Was für ein Scheißtag.* Egal, denn einer muss es ja bekanntlich machen, oder? Verstehen Sie mich nicht falsch. Ich fahre gerne Bus. Ich fahre gerne durch Europa und sehe mir gerne Gott weiß was an. Aber auch ich leide zuweilen unter Anfällen chronischer Unlust.

Eine kalte Dusche und eine große Tasse lauwarmen Kaffees später bin ich einmal mehr nachts um halb vier wieder einsatzbereit und fertig zum Aufbruch – mittlerweile auch ausreichend wach.

Irgendwer hat heute meine gute Laune versteckt. Bin ich ansonsten eine echte Frohnatur und wahrhaftig ein

Sonnenkind, was gute Laune anbelangt, so fühlt sich der frühe Morgen heute an, als hätte mir jemand ins Gemüt gepinkelt. Kennen Sie das? Man wacht auf und der Tag ist gelaufen.

Macht ja nix, denn ich muss ja heute nur nach Frankfurt zur Flughafenfeuerwehr. Eine weitere Besichtigung steht auf dem Plan.

Zuvor muss ich allerdings noch eine Feuerwehrtruppe in einem der Nachbarorte einsammeln.

Ein Apfelweinproduzent aus der Großregion Frankfurt steht zudem als Besichtigungspunkt ganz oben auf der Tagesordnung.

Aha, heute wird gelernt, wie man Viez macht. Viez. Vielleicht besser bekannt als Äppelwoi, Apfelwein. Viez kommt wahrscheinlich von vice, aus dem Lateinischen. Bedeutet im Ursprung so viel wie: die zweite Garnitur. Bereits ausgepresste, gekelterte Weintrauben, Trester oder auch Treber genannt, wurden bei den alten Römern schon mit Wasser übergossen und nach längerem ziehen hatte man den wohl zweitbesten Wein des Tages. Ein schlauer Mensch kam auf den Trichter, dass sich nicht bloß aus Traubensaft ein betörendes Getränk herstellen lässt. Voilà, der Viez war geboren.

Wie auch immer. Das Getränk hat viele Anhänger

und schmeckt mir persönlich nur, wenn genügend Cola drin ist. Nicht zu vergessen: Es hilft zudem ungemein bei Verstopfung. (Man sollte nicht mehr davon trinken, als mit äußerster Gewalt in die Kehle hineinpasst.)

Dennoch lässt sich ungeachtet der Wirkung nicht jeder davon beeindrucken. Meine Feuerwehrtruppe offensichtlich schon zwei Mal nicht. Aus tiefster Sorge heraus, sie bekämen beim Viez-Produzenten keinen Tropfen Viez zum Verkosten, haben sie sich sicherheitshalber eine kleine Marschverpflegung von 40 Secherträgern mit 0,5 Liter Viezflaschen in den Bus eingeladen.

Bevor wir endlich losfahren können, stellen wir noch einmal kurz die Anwesenheit und die Truppenstärke fest. 35 Mann. 35 Sechserträger Flaschen Viez. Prost.

35 Mann wollen also 105 Liter Viez trinken? Äh, pardon – verklappen.

Das wird ein Tag. Ich ahne erneut Schreckliches. Und was Vorahnungen anbelangt, bin ich mittlerweile recht gut in der Übung. Meine Prognosen werden allzu oft am Ende sogar noch weitaus übertroffen.

Nach der üblichen Begrüßungsrede des Feuerwehrhauptmanns, gefolgt von meinem Hinweis auf die Anschnallpflicht im Bus, kann die Fahrt also sogleich beginnen.

Wir sind gerade eben erst auf die Autobahn aufgefahren und insgesamt noch keine Viertelstunde unterwegs, da tut der Viez schon, was er kann. Aus dem Heck des Busses schallt die Botschaft allgemeinen Harndrangs nach vorne.

Bravo. Ein neuer Rekord. Kaum in den Bus eingestiegen, benötigen die Ersten einen Boxenstopp. Unfassbar.

Ich fahre den nächsten Parkplatz an, öffne beide Bustüren und sehe im rechten Außenspiegel, wie die Leute zum Pinkeln rennen. Und als hier schon der Erste – wohlgemerkt mit den Händen voran – den Hinterausstieg herausgekrabbelt kommt, bin ich mir sicher, wenn in Vino veritas liegt, so liegt im Viez wohl offensichtlich nicht nur derbster Harndrang, sondern auch eine besondere Form der Gleichgewichtsstörung.

Liebe Feuerwehr, ich mag und lieb euch sehr – doch so mancher vergisst über den Alkoholkonsum hinaus: Mit schlechten Manieren klatscht einem nun mal niemand Applaus.

Oktoberfest im September

Der ganz normale Wahnsinn. Alle Jahre wieder startet das Oktoberfest. Richtig, im September. Zum Zwecke der Gewinnoptimierung und zur Freude aller Feierlustigen, von alt bis jung. Auch wenn die Lederhose noch so eng oder so völlig deplatziert an so manchem Spargeltarzan herunterhängt, als gäbe es dafür extra einen Wettbewerb. Auch wenn die Waden noch so dünn sind – Mann oder Männchen lässt sie trotzdem aus der Buxe hängen. Da freut man sich doch schon auf die fortgeschrittene Stund′, in der auch noch andere Öffnungen der Krachledernen strapaziert werden. Junge Damen, fesche Maderln und welche, deren Haltbarkeitsdatum sich ähnlich wie ihr Vorbau schon der Schwerkraft hinterher gen Boden neigt. Von flach bis drall, alle sind sie eingehüllt im Dirndl und mit Schleifen dekoriert.

Zugegeben – ab und an tut es wirklich nicht im Auge weh – und so manche Oberweite sorgt nicht nur in der Männerwelt für Einsätze von Chiropraktikern tags darauf, wenn sich einmal mehr die Hälse winden und zuweilen dann auch knacken.

Sei es drum, egal, aus welcher Region – alles, was in dieser Zeit körperlich dazu in der Lage ist, einen vollen Bierkrug zu stemmen, fühlt sich angesprochen und pilgert mit schunkelwütigen Gleichgesinnten in Heerscharen dort hin. So beschließt man, sich in Gruppen zusammenzurotten und mit dem Bus dem Bierdurst entgegenzurollen.

Es steht schon viele Wochen im Vorfeld fest, dass die Fahrt einer Gruppe junger Erwachsener zum zünftigen Oktoberfestbesuch ansteht. Im konkreten Fall geht die Reise ins Land der Schwaben. Ziel: Cannstatter Wasen. Wohl nach München das zweitgrößte Oktoberfest in deutschen Landen, soweit mir bekannt ist. Und auch wenn der Liter Bier schon runde elf Euro kostet, tut dies der Feierwut keinen Abbruch.

Der Tag ist endlich gekommen und ich rücke tief in der Nacht – oder schon verdammt früh am Morgen – an, um meine Trachtenklientel einzusammeln. Ich fahre im Dunkeln, noch ehe der Morgen graut, zur Haltestelle im Ort und eine Meute angetrunkener Jugendlicher freut sich so sehr auf mein Anrollen, dass sie sich gleich mal gegenseitig vor den Bus schubsen.

Na bravo. Wieder mal eine Deppentour. Womit habe ich das bloß verdient?

Egal. Heute Nacht bin ich wieder in meinem Bett und die Tour ist Geschichte. Nun, sie *ist* Geschichte, so viel kann ich mittlerweile sagen. Spätestens diese Zeilen machen daraus eine solche.

Ich habe den Kühlschrank zwar vollgeladen, damit mir die Jugend auf dem Weg nach Stuttgart nicht verdurstet, aber die Herrschaften haben ihr eigenes Gesöff im Rucksack, obwohl es einmal mehr so ganz anders abgesprochen war. Aber so ist das. Auch schriftliche Vereinbarungen und Absprachen sind am Ende nur so viel wert wie die Menschen, die sich daran halten. Ist für mich so, als würde man sich in einem Bierlokal ankündigen, Tische reservieren und dann seine Getränke am Ende selbst mitbringen. Naja – man möchte die Kundschaft aber nicht verärgern und somit beißt man sich einmal mehr auf die Zunge und toleriert dieses Gehabe.

Einige aus der Gruppe sind vom Abend zuvor übrig geblieben und entsprechend alkoholtechnisch eingepegelt. Auf Schlaf haben sie gleich ganz verzichtet und feiern ungebremst im Bus weiter.

Nach einer halben Stunde Fahrt ist neben dem Partylärm noch alles im grünen Bereich. Überraschenderweise. Das stärkste Krokodil – für mich ein Synonym für Großmaul – gibt plötzlich lauthals bekannt, dass es ruhen möchte und die Meute sich deshalb gefälligst in der Lautstärke zügeln soll.

Völlig überrascht freue ich mich natürlich über diese Ansage, denn tatsächlich fruchtet die Meldung und die Lautstärke sinkt bei der Hinfahrt auf ein erträgliches Maß.

Die Freude währt allerdings sehr kurz. Keine hundert Kilometer und zwei Zigarettenstopps später müssen die ersten Sextaner ihre Blasen ausleeren und fordern geschwängert vom Restalkohol proletarisch einen Halt.

Bremse zu, Türen auf und ein paar leere Bierflaschen purzeln sogleich aus dem Hintereinstieg, um auf dem Parkplatzboden zu zerschellen. *Wunderbar*.

Ich steige aus und drücke dem ersten, der aus den

Büschen zurück zum Bus wankt, einen Handfeger und ´ne kleine Schaufel in die Hand.

Er schaut mich ungläubig an, erkennt aber an meiner Mimik und an meinen Gesten, dass ich es ernst meine. Da er schon sehr zu mir aufblicken muss und offenbar sofort erkennt, dass er das kürzere Streichholz gezogen hat, macht er so gar keine Anstalten zu reklamieren. Er fegt eifrig die Glassplitter zusammen, um sie anschießend brav und schon fast gut gelaunt im nahegelegenen Mülleimer zu entsorgen.

Die Fahrt geht weiter und nach fünf weiteren Stunden und mehreren Stopps erreichen wir endlich *Bad Cannstatt*. Ich entlasse die Meute, die mittlerweile ihre Alkoholblutwerte wieder auf ein erstaunliches Maß nach oben katapultiert hat. Bei Tageslicht offenbart sie mir, dass wirklich keiner mehr nüchtern – im Gegenteil – doch jetzt schon am späten Vormittag einigermaßen besoffen ist.

Ich schüttle meinen Kopf und weiß auch ohne meine Glaskugel, dass am Abend nicht alle die Rückreise antreten werden. Insgeheim tippe ich auf zwei Sportskanonen, die es sehr lustig finden, gleich bei der Ankunft Mädels einer anderen Reisegruppe vor den Augen ihrer Verehrer lauthals auf deren strahlende

Schönheit aufmerksam zu machen. Melodisch untermalt von einem Grölen warte ich an dieser Stelle schon, dass die zwei Vollpfosten von den offenbar noch nüchternen und weitaus stärker scheinenden Anhängseln der beiden Damen eine aufs Maul bekommen. Aber die Herren greifen bloß nach den Ärmeln der Ladys und ziehen von dannen. Glück für die zwei Lederhosenwackler.

Die Truppe verschwindet und ich habe jetzt viele Stunden Zeit, um mich von der nächtlichen Anreise zu regenerieren. Der Bus sieht im Inneren jetzt schon aus wie ein Schlachtfeld, doch auch das muss man heutzutage hinnehmen, möchte man keine Fahrten an die Konkurrenz verlieren. Bierdosen, Popcorn, Kronenkorken und eine Unmenge an Bierlachen auf dem Boden. Gott sei Dank bislang nur auf den letzten Rängen, aber dennoch traurig.

Ich weiß, dass es keinen Sinn macht, jetzt den Bus aufzuräumen, weil abends todsicher eine Menge mehr dazukommen wird. Also mache ich mich erst einmal in den vorderen Reihen im Bus auf meiner Isomatte lang und lasse den lieben Gott für ein paar Stunden einen guten Mann sein. Ich habe so gar kein Interesse daran, dieses Fest zu besuchen, und ziehe es vor, mich einmal mehr meiner Schreiberei zu widmen.

Es ist mittlerweile 22 Uhr. Abfahrt. So war es jedenfalls vereinbart.

Um 22:30 Uhr tauchen die ersten Gäste torkelnd auf und sind fast nicht wiederzukennen. Zerrissene Hemden, gerupft wie Hühner kurz vor dem eintauchen in die Suppe, stehen sie vor mir und lassen Unverständliches in meine Richtung ab.

Ich deute ihnen an, sie sollen sich schon mal in den Bus verkrümeln und am besten in einen sofortigen Tiefschlaf fallen. Die meisten sind tatsächlich gegen 22:45 Uhr da und es herrscht im und rund um den Bus eine Stimmung wie im Bierzelt: Gegröle, was die Kehle hergibt.

Manche scheinen immer noch durstig zu sein, obwohl sie ja schon bei der Ankunft mächtig Umdrehungen hatten. Es ist ein Rein und Raus. Die Jungs pinkeln ungeniert an einen der Busse, die in der Parkreihe gegenüber stehen.

Es gibt natürlich sowas wie Loyalität unter Kollegen, also schalte ich mein Fernlicht ein.

Die Jungs freuen sich auch noch lauthals darüber – doch gleich darauf vergeht ihnen das Lachen. Mehrere Kollegen steigen aus den umliegenden Bussen und knöpfen sich die Burschen vor. Ein paar Watschen links und rechts später sind die Jungs schlagartig nüchtern.

Um 23 Uhr naht die weitere Welle Zombies heran und krabbelt zum Teil auf allen vieren auf den Bus zu.

»Sind das die Letzten?«, frage ich nach hinten.

Keine Antwort.

Da ich bei Fahrtantritt natürlich immer die Anzahl meiner Fahrgäste feststelle, weiß ich kurz darauf, dass immer noch vier fehlen.

Derweil entscheiden sich auch zwei der Mädels, sich im Schein des Abblendlichtes vor den Bus zu hocken und zu pinkeln, während ein anderer einen Salto aus dem Hintereinstieg macht und der Länge nach zwischen den geparkten Fahrzeugen auf dem Asphalt liegen bleibt.

Zwei weitere Vollidioten outen sich sogleich lauthals als Fußballfans des erfolgreichsten deutschen Fußballclubs. Sie deuten auf ein kleines Spielertrikot, das mit Saugnäpfen von innen an der Scheibe eines Nachbarbusses angebracht ist. Einer der beiden Knallköpfe hat dabei seinen vollen Bierkrug in der Hand und signalisiert den Insassen des anderen Busses mit besoffenen Gesten, dass er dieses Trikot unbedingt haben möchte.

Die Intelligenzbestie aus dem anderen Bus ploppt

sogleich das Trikot von der Scheibe und macht sich einen Spaß daraus, Dumm und Dümmer vor seiner Busgruppe auf den Arm zu nehmen. Alle Augen sind auf das Spektakel gerichtet.

Der Trikotbesitzer meint: Du kriegst das Trikot nur, wenn du es schaffst, deinen Krug auf Ex zu stürzen!«

Der Titel »Superdepp« geht prompt an meinen Fahrgast, als der sogleich das Bier in seinen Hals kippt.

Ihm ist es egal, er hat sein Trikot gewonnen und den zweifelhaften Respekt der umliegenden Reisegruppen.

Ich hingegen schüttle nüchtern meinen Kopf und verkünde einmal mehr: »Wer bricht, wischt, wer kotzt, putzt.«

Um 23:20 sitzen nun endlich alle wieder im Bus und ich rolle los. Wir schaffen die sagenhafte Distanz von etwas mehr als fünfundvierzig Metern. Die Hinterachse des Busses rollt gerade von der Bordsteinkante des Parkplatzes, als von hinten einer laut nach vorne brüllt: »Mach mal kurz halt, es hat einer in den Bus gekotzt!«

Warum tue ich mir eigentlich immer und immer wieder aufs Neue diesen Scheiß an?, frage ich mich.

Der Nächste, der sich daneben benimmt, entsorgt sich auf dem nächsten Parkplatz besser gleich selbst, bevor ich es tue.

Freilichtmuseum Gutach

Ein herrlicher Frühlingstag im Schwarzwald beginnt.

Gemeinsam mit meiner illustren Reisegruppe – einem sehr netten und fidelen Wanderverein – verlasse ich unser Quartier. Unserem geplanten Tagesausflug steht nichts im Wege. Das Wetter ist raketenmäßig und alle sind gut gelaunt. Auch ich finde gerade keinen Grund, weshalb ich Trübsal blasen könnte und so rollen wir unserem Ausflugsziel, einem Schwarzwälder Freilichtmuseum, entgegen. Ein wirklich eindrucksvoller Ort, um in einer authentischen Atmosphäre die traditionelle Lebensweise vergangener Jahrhunderte zu erleben. Geschichte zum Anfassen.

Die knappe halbe Stunde Anfahrt überbrücken wir mit ein wenig Schwarzwälder Volksmusik und dem Blick über die schönen saftig grünen Hügel des

Schwarzwaldes.

Die Sonne rückt die Landschaft in ein wahrhaft güldenes Licht und mein netter Rentnerverein macht so gar keine Anstalten, mir auf den Keks zu gehen ... Wenn bloß alle Gruppen so pflegeleicht wären, hätte ich wahrhaftig einen Traumjob.

Ich versuche, die Landschaft zu genießen, natürlich ohne dabei die Straße aus den Augen zu lassen. Außer ein paar Autofahrern, die uns einmal mehr das Leben schwer machen, weil sie mir unbedingt noch schnell die Vorfahrt nehmen müssen, um dann gemeinsam mit mir im Rückspiegel an der nächsten Ampel auf grün zu warten, läuft alles echt dufte.

Ein paar Hornochsen auf ihren japanischen Joghurtbechern sind wir mit Tempo 80 auf der Landstraße ganz klar zu langsam. Deshalb ballern sie lautstark an uns vorbei, sodass Oma Gertrud in der siebten Reihe vor Schreck fasst ihr eigenes Gebiss verschluckt.

»Organspender«, raunzt ihr rüstiger Begleiter mit geballter Faust und Zustimmung suchend durch den ansonsten im Augenpflegemodus versunkenen Pensionärsgeschwader.

Ich beobachte im Rückspiegel, wie er sich ganz gentlemanlike um seine Sitznachbarin sorgt – und als er sich aus der Bordbar zwei Piccolos auf den Schrecken für sich und seine Lady gönnt, weiß nun auch der letzte aus der Gruppe, dass Opa die Viagra von gestern Abend offenbar noch nicht ganz aus der Blutbahn geschwitzt hat.

Romantik im Schwarzwald.

Alles in allem eine schöne Tour bislang und bis auf den ein- oder anderen Verkehrsrüpel keine weiteren besonderen Vorkommnisse.

Ich war schon ein paar Mal bei diesem Freilichtmuseum. Obwohl es wirklich ein schöner Ort ist, um ein wenig Geschichte zu erleben, bleibe ich an diesem Tag im Bus, der einsam mitten auf dem großen Platz parkt. Gar nicht viel los heute, aber es sind natürlich auch keine Ferien.

Ich verbringe die Wartezeit damit, zu schreiben. Mein Laptop steht aufgeklappt auf dem Lenkrad und ich warte darauf, dass mich die Muse küsst, um Schreibstoff für meine Kapitel zusammenzubekommen. Die Bustüren geöffnet lausche ich dem Vogelgezwitscher und starre durch die Frontscheibe in den blauen Himmel. Einzig das Ticken der Uhr im Armaturenbrett und das ein- oder andere Fahrzeug, das gediegen über die Landstraße bügelt, untermalen meinen

Tagtraum akustisch.

Mir will dennoch partout nichts einfallen. Keine schreibenswerte Zeile, kein lustiger Gedanke, kein Geistesblitz jagt durch mein Kleinhirn. Eine nervige Fliege gesellt sich auf meine Tastatur und als ich nach der passenden Klatsche greife, die neben meinem Fahrersitz liegt, kann ich genau erkennen, wie sie mich schelmisch angrinst ... Ich erhebe die Klatsche und drohe damit, ihr den Garaus zu machen. Und während sie schnell das Weite sucht, bevor ich sie in meine Tastatur einstanze, bin ich sicher, dass sie immer noch fies lacht.

Die Nervensäge ist zumindest weg, ich widme mich wieder ganz meinem Himmel und warte auf die Eingebung. Sieht die kleine Wolke, die da heranzieht, nicht aus wie Homer Simpson?

Ein Auto rollt heran und parkt hinter mir genau auf gleicher Höhe, gegenüber den Busparkplätzen auf der für PKW ausgewiesenen Seite. Unsere Fahrzeuge trennen etwas mehr als eine Buslänge auf dem weitläufigen Parkplatz.

Da mir noch immer nichts außergewöhnlich Erzählenswertes einfällt, nage ich gedankenverloren an einer

Brezel und beobachte für einen Moment das an Spannung kaum zu toppende Geschehen.

Ein älteres Ehepaar bewegt seinen offenbar neuen und frisch polierten Mercedes zum sonntäglichen Museumsausflug. Mann mit Hut und auf der Heckablage das standardmäßige Zubehör in Form einer Klorolle mit besticktem Überzug. Um jedwedem Klischee auch wirklich voll und ganz zu entsprechen, hat man sogar noch einen Wackeldackel daneben drapiert.

Der Herr sieht aus wie Meister Eder und ich kann mir ein leichtes Schmunzeln nicht verkneifen, als er nach mächtig ausladender Geste und mit Hilfe eines kräftigen Zugs an beiden Armen seine beleibte Gattin aus dem Fahrzeug operiert.

Nachdem das Pärchen die Knochen der Dame sortiert und Meister Eder ihr in ihre Schuhe geholfen hat, die er zuvor – Gott weiß, warum – aus dem Kofferraum geholt und ihr angezogen hat, wirft auch der Herr sich in sein Trachtenjackett und beide verlassen das skurrile Szenario.

Sie watscheln Hand in Hand Richtung Museumseingang und der Meister dreht sich dabei noch dreimal um, um per Fernbedienung sicherzugehen, ob das Fahrzeug auch wirklich zugeschlossen ist.

Ich beiße nochmal in meine Brezel und schiebe meine Nase wieder schreibwillig über die Tastatur.

Wahrhaftig fällt mir sogar eine lustige Zote ein und ich tippe wie wild drauf los.

Gefühlt zwei Stunden später hat sich der Betrieb auf dem Parkplatz nicht maßgeblich verändert. Kein weiteres Fahrzeug kommt hinzu und so tippe ich ungestört und in aller Seelenruhe meine Zeilen weiter.

Als sich hinter mir eine Autotüre öffnet, sehe ich im Rückspiegel, wie Meister Eder seine füllige Dame zurück in sein Vehikel schubst und ... plötzlich ein Rumpeln und ein Poltern.

Der Bus bewegt sich und ich muss unvermittelt nicken, sodass mir meine Brezelzigarre aus dem Mundwinkel purzelt und fast mein Laptop vom Lenkrad entwischt.

Ich schaue in den Rückspiegel und erkenne ... nichts. So gar nichts. Das habe ich mir aber jetzt nicht eingebildet. Ein Erdbeben vielleicht?

Ich springe vom Sitz auf, stürze hinaus und sehe, wie sich eine Autotür unmittelbar hinter dem Bus öffnet und sich Meister Eder wie von der Tarantel gestochen aus seinem Mobil quält. Tobend, wie von Sinnen kommt er kurzatmig auf mich zu und beginnt mit rotem Kopf zu poltern. Er wedelt mit seinen Armen und nuschelt einen süddeutschen Dialekt in seinen Bart, von dem ich nur Wortfetzen verstehen kann.

Vielleicht besser so, denn er macht mit Gesten gerade echt eine solche Wallung, dass man glauben könnte, es wäre meine Schuld. Wohlgemerkt – der Bus steht seit Stunden an exakt ein und derselben Stelle und hat sich seither auch keinen Millimeter bewegt.

Ich trete hinter meinen Bus und was ich da sehe, ist ein astreiner Auffahrunfall. Meister Eder hat sich die Anhängerkupplung ausgesucht und seinen Benz rückwärts buchstäblich auf die Hörner, oder besser gesagt, *das* Horn genommen.

Ich stehe einigermaßen verblüfft da. Ich hab zwar schon ´ne Menge Unfälle und viele Blechschäden gesehen in all meinen Jahren auf der Landkarte quer durch Europa, aber wie man sich auf einem ansonsten leeren Parkplatz ausgerechnet so bescheuert ausparken kann, dass mir die Brezel aus der Backe fällt, das ist echt der Hit.

Meister Eder schaut sich nicht mal den Schaden an, stattdessen schlägt er sich die Hände überm Kopf zusammen und während sich seine Gesichtsfarbe langsam der Kirschröte nähert, poltert er weiter und ohne Unterlass in meine Richtung.

Aus dem Auto heraus mischt sich seine wohlgenährte Üppige ruppig in seinen Monolog ein.

Ich begutachte die Situation und versuche, einen Schaden am Bus festzustellen. Ich rede beruhigend auf den Herrn ein, weil ich mir langsam ernsthaft Sorgen um seinen Blutdruck mache. Ich will die Aufregung senken und sage wiederholt, dass ja nichts passiert ist. (Außer natürlich an seinem Auto.)

Ich weiß nicht, was der Gute mir sagen möchte, aber ich werde das Gefühl nicht los, dass er mir zu drohen beginnt. Ich bin natürlich kein respektloser Zeitgenosse und der Herr ist natürlich dicke zweimal so alt wie ich. Kann mir an der Stelle leider ein leichtes Grinsen nicht verkneifen, weil ich das gerade einfach nicht glauben kann. Dies feuert erneut seine rote Birne an.

Er knattert weitere unverständliche Worte. Auch mit den wirklich beruhigendsten Gesten bekomme ich den offenkundigen Choleriker nicht mehr gebremst.

Ich gehe auf Nummer sicher und frage ihn nach seinen Daten – wegen der Versicherung und so.

Mittlerweile hat sich die Stämmige vom Beifahrersitz befreit, steht ohne Schuhe vor mir, wirbelt mit den

Armen und donnert dabei im gleichen Tonfall auf mich ein.

Ich schaue mich um, ob ich vielleicht gerade bei *Versteckte Kamera* bin und mein zunächst zögerliches Lächeln geht jetzt in ein herzhaftes Lachen über. In aller Ruhe rekapituliere ich für die beiden, die jetzt im Kanon gackern, nochmal und fasse zusammen: »Sie sind mir draufgefahren und nicht anders herum.«

Das hat gesessen. Ich glaube, die zwei stehen unter Schock, weil ihr schönes Fahrzeug jetzt eine prächtige Delle im Heck hat. Ich rede weiter beruhigend auf die beiden ein und langsam, wenn auch nur widerwillig, rückt der Herr mit seinen Daten heraus.

Beim Notieren des Namens entfährt mir leider etwas lautstark ein Lachen. *Eber* heißt der Mann. Franz Eber.

Meister Eber entreißt mir echauffiert seinen Ausweis und setzt noch ein letztes Mal zum Poltern an.

Als ich ihm anbiete, dass ich auch gerne die Polizei hinzurufen kann, entscheiden sich beide, sich so schnell wie möglich ins Auto zu setzen, die Türen zuzuknallen und loszufahren.

Leute gibt es. Ich schaue mir nochmal genauer die Anhängerkupplung und den nicht vorhandenen Schaden an.

Als ich weit und breit so gar keine Bewegung und auch nur von Weitem die Vögel zwitschern höre, glaube ich für eine Sekunde selbst nicht, dass ich das gerade erlebt habe.

NACHWORT

Jetzt wissen Sie Bescheid und nun haben Sie einen kleinen Einblick ins Leben eines Berufsreisenden.

Frei nach dem Motto: Erstens kommt es anders und zweitens als man denkt, lässt sich natürlich vieles planen, aber am Ende entscheiden natürlich auch Menschen, die sich um Abläufe und Abwicklung Ihrer Reise kümmern mit darum, ob Sie wieder ganz entspannt aus ihrem Urlaub zurückkehren. Ob in Hotels, Restaurants oder bei Reiseveranstaltern gilt: Überall haben Sie es mit Menschen zu tun. Und wo Menschen sind, passieren die unglaublichsten Dinge.

Leben und leben lassen – und an manchen Stellen einfach mal die Schnauze halten – hilft enorm, um friedlich durch die Welt zu reisen.

Was in diesem Buch dargestellt wurde, ist nur die Spitze des Eisberges und es werden mit Sicherheit noch weitere Bücher mit Anekdoten und Zoten aus dem Leben eines Busfahrers und Reiseleiters folgen. Natürlich wieder ein wenig humoristisch von mir aufgearbeitet und abgewandelt, denn kein Mensch möchte wohl ein paar hundert Seiten pures Gemecker lesen.

Ich hoffe, Sie hatten eine angenehme Fahrt – und ich würde mich sehr freuen, wenn wir uns dann auf einer meiner nächsten Reisen wiedersehen. Bis dahin wünsche ich Ihnen alles Gute, bleiben Sie mir gewogen und kommen Sie gut auf den Topf.

Patrick Düppre

DANKSAGUNG

Ich bin unendlich weit gereist,
manchmal sogar weit gekommen.

Auf meinen Reisen durch Europa
fuhr ich Studenten, Schüler, manchmal Oma und auch Opa.

Ob Musikverein, Feuerwehr, Freizeitclub oder Blaskapell´,
mit Tempo 100, gar nicht schnell.

Auch bei Messefahrten, Tagestrips und Urlaubsreisen
musst´ ich mir manchmal auf die Lippe beißen.

Auf die Schreiberei hab ich mich dennoch stets besonnen,
hab durch die ganze Kurverei ein Zeilenmeer gewonnen.
Gar viele Menschen kreuzten meine Wege,
nicht bloß manch wirrer Passagier kam mir dabei ins Gehege.

So manch lustige Anekdote aus meiner Reisezeit im
Nachgang ich zur Zote knote.

Ich war hoch im Norden, im Süden, tief im Westen und
im Osten,
kam zur Erkenntnis: Wer in sich selbst ruht, der lebt
am Bosten ... ähm ... Besten.

War gefühlt nie viel zu Hause und wo immer ich mein
Freigeist-Haupt gebettet,
hab´ ich mich in die Musik und meine Schreiberei
gerettet.

So möcht´ ich ganz ohne Pathos wagen
all Jenen meinen Dank zu sagen,
allen, die daran beteiligt waren
und allen, die mit mir gefahren.

So fuhr ich ganze fünfzehn Jahre,
raufte nicht selten mir die Haare.

Sollte ich irgendwann also mal meinen Arsch
zukneifen,

lass´ ich unterm Strich zuvor noch eines verlauten.
Und so sag´ ich ganz ohne Groll und ohne Keifen:
Fahrt im Winter nie mit Sommerreifen.

So widme ich nicht bloß diesen quergedachten Reim,
nein, gleich dies ganze Buch im Fernlichtschein
für all die abenteuerlichen Jahre
und trotz viel verlorener Haare
mal mit, mal ohne Wagenheber

meinem Schwiegervater
Peter Weber

Für all die schönen wie auch arbeitsamen Jahre, über unzählige Missverständnisse, Turbulenzen, kleine und große Sorgen hinweg, bin ich heute froh und dankbar, dich als gute Freundin zu wissen. Danke, Anne.

Mein Lieber, unsere Freundschaft ist wie ein guter Wein. Sie ist nun auch schon über einige Jahre hinweg gereift. Du warst so oft schon für mich da und das nicht bloß als begnadeter Gitarrist und brillanter Geburtshelfer meiner Lieder und Melodien.

Du bist nicht nur die Säule von Padraig, du bist eine

unerschöpfliche Quelle an Kreativität und genialer Ideen.

Auch das grandiose Cover zu diesem Buch verdanke ich dir. Ich bin sehr dankbar, dich einen echten Freund nennen zu dürfen.

Jan, du bist der Beste!

Mein besonderer Dank geht an Susanne, du Sonnenschein. Ohne dich hätte ich dieses Buch wohl noch immer nicht zu Ende gebracht.

Danke für deine Ratschläge und dass du in meinem Leben bist!

ÜBER DEN AUTOR

Der erfahrene Songwriter und Produzent Patrick Düppre kennt sich in der Welt der Musik bestens aus – sein Debüt »Fernweh, Heimweh, Kopfweh« ist der erste Schritt in sein Leben als Autor.

Bereits im jungen Erwachsenenalter hat der gebürtige Saarländer seine Gedanken zu Papier gebracht – nun haben seine Zeilen den Weg in die Buchwelt gefunden und der Grundstein für eine schriftstellerische Karriere war gelegt.